柳鸣九 主编

雨 果 文 集

（最新修订版）

第十五卷　诗歌卷

Les Chansons des rues et des bois

街道与园林之歌

〔法国〕维克多·雨果 著　李恒基　余中先 等译

译林出版社

图书在版编目（CIP）数据

街道与园林之歌 /（法）雨果（Hugo,V.）著；李恒基等译. —南京：译林出版社，2012.12

（雨果文集）

ISBN 978-7-5447-3329-8

Ⅰ.①街… Ⅱ.①雨… ②李… Ⅲ.①诗集-法国-近代 Ⅳ. ①I565.24

中国版本图书馆CIP数据核字（2012）第234332号

书　　名　街道与园林之歌
作　　者　〔法国〕维克多·雨果
译　　者　李恒基　余中先等
责任编辑　韩继坤
特约编辑　邓　敏
出版发行　凤凰出版传媒股份有限公司
　　　　　　译林出版社
出版社地址　南京市湖南路1号A楼，邮编：210009
电子信箱　yilin@yilin.com
出版社网址　http://www.yilin.com
印　　刷　三河市华润印刷有限公司
开　　本　640×960毫米　1/16
印　　张　21.25
字　　数　87千字
版　　次　2012年12月第1版　2012年12月第1次印刷
标准书号　ISBN 978-7-5447-3329-8
定　　价　25.00元

目　录

街道与园林之歌

祖孙乐

灵台集

街道与园林之歌

李恒基　张秋红
程曾厚　谷　未　译

马[①]

我早已经抓住缰绳，
握紧绳结尽力地拉，
我的眉心堆起皱纹，
竟已累得头晕眼花。

这是一匹煌煌大马，
如战神[②]也生于海洋，
黎明供它饮用朝霞，
流光注入晶莹巨觞。

它举蹄如大鹏展翅，
兀立时它伟岸桀骜，
山山回荡悠悠马嘶，
碧空响彻它的长啸。

各路神仙托起金杯，
举着火炬驰过天际，
威风凛凛端坐马背；
神马就是他们的坐骑。

---

① 这首序诗作于1859年7月31日；1865年10月发表时添进十六节（即6—8节，10—17节，20—22节以及32和35节）。

② Astaté：闪米特人神话中司胜利及繁荣的女神。

大地啊，看星光四射
点缀着它的灿烂鞍辔，
这都是历代诗人先哲，
你能辨认他们的光辉。

它的呼吸是歌是诗，
吟出人间千劫百难，
刀剑出鞘厮杀不止，
君王从来狠毒凶残。

它用蹄踏出清清水潭，
让泉水从石缝中涌现：
希腊人称之为“马泉”[①]，
希伯来人欣逢拉菲淀[②]。

它历尽人世间的浩劫，
黯然惨然背负死亡，
它张开云雾般的双翼，
遮掩德诺多斯[③]的月光。

---

① 希腊埃里康山中有“马泉”，相传为诗神坐骑蹴就，永不干涸的“马泉”于是被喻为诗的灵感。

② 据《圣经·出埃及记》载，摩西率众回以色列，途经西恩沙漠，干渴难忍，上帝即凿拉菲淀。

③ 德诺多斯为爱琴海中的岛屿。古罗马诗人维吉尔的史诗《埃涅阿斯纪》中曾写道：“阿戈斯人的队伍趁月黑人静，从德诺多斯岛艨艟齐发……”（《埃涅阿斯纪》第254及255行）此处雨果或许借用这个典故。

阿莫斯[①]的呐喊，阿基勒[②]的怒呼，
都化作它雷鸣般的鼻息。
埃斯库罗斯[③]诗行的音步，
声声符合马蹄的敲击。

它让树为死果低垂，
像慈母为亡儿哀泣，
悲愤的拉谢和尼奥贝[④]，
经它点化都变成顽石。

奔跑时目标是它思想，
止步时长鬃飘飘如旗，
只见它前蹄激奋高扬，
无所不能之门已开启。

它敢于同闪电赛跑，
把品都和安度[⑤]走遍，
凭它这股勇猛劲道，

---

① 阿莫斯：古代以色列预言家。生于公元前8世纪。

② 阿基勒：荷马史诗《伊利亚特》中的勇士，因友人被特洛伊守将埃克托所杀，怒而击杀埃克托。

③ 埃斯库罗斯（公元前525—前456）：古希腊悲剧诗人。

④ 拉谢：《旧约》中雅各之妻，生第二个儿子时难产而死。后其子遭敌方杀害，她的鬼魂哀哭不已，声撼山岳。尼奥贝：希腊神话中的弗里吉亚王后，生有七子七女均遭阿波罗等仇杀，悲愤至极，化作石头。

⑤ 品都山脉在希腊半岛西侧。安度城在地中海东岸。相传以色列王萨乌尔曾在此城遇占卜女子，预言他将遭灭顶之灾，后应验。

足可顶替熊拉金辇[①]。

它钻进黑沉沉的天外，
谁敢较量它都奉陪，
黄道十二宫如轮滚来，
差一点把它碾得粉碎。

上帝为它开凿黑洞，
让它横行七重高天，
它的身影转瞬无踪，
早已驰遍万壑千山。

昏黑无边的阴霾之间，
它奔腾着，快步如电，
它喜欢闯入重重黑暗，
直到夜尽处光明再现。

它那野性凌厉的眼睛，
咄咄逼视着芸芸众生，
它既经过天外旅行，
那目光就格外凶猛。

它只对一种人驯服，
只善待持琴的俊杰，
为俊杰它甘下深谷，
阅尽人间精神境界。

① 西俗称北斗七星为大熊星座。前三星为大熊，后四星为金辇；七星围北极而转乃熊拉金辇。

它的马厩既在仙境，
马夫也须仙骨神胎，
最初由奥尔菲[①]执勤，
最后的马夫叫谢尼埃[②]。

它统治着我们的魂魄，
艾泽希尔[③]在棕榈树下
将它侍奉，富贵的约伯[④]
为它铺草，扫除粪渣。

谁若斗胆把它惊扰，
与它嬉闹，必将倒霉！
它的脾气十分暴躁，
像秋风把草木尽摧。

多少人在它背上吓煞！
它最恨受到羁绊牵制。
它的功能是叱咤天下，
岂管背上有何等骑士！

它没有耐心，遑论慈悲，
狂奔中把马勒布朗什[⑤]

① 奥尔菲：希腊神话中的歌神，相传为竖琴发明人。

② 谢尼埃（安德烈·谢尼埃，1762—1794）：法国大革命时期诗人，曾热情欢呼革命，后因对恐怖政策不满而被杀。其诗具有希腊古典诗的韵味。

③ 艾泽希尔（公元前627—前570）：犹太四预言家之一。

④ 约伯：《圣经》中有财有势的人物，且子孙满堂。上帝为了考验他，让他沦为赤贫的孤老，他无怨尤，虔诚始终。

⑤ 马勒布朗什（1638—1715）：法国哲学家，曾与色胥埃舌战。

毫不容情地甩下马背，
吓得他顿失如簧巧舌。

汗珠在它的两胁闪烁，
戴斯普雷奥和坎迪里安[①]
捆住它两翼的绳索
早已被它截截挣断。

我沉思着，从幽幽深谷
牵出这大马，让它远离
罪恶、神仙、帝王和疾苦，
来到繁花如锦的草地。

我领它到肥沃的牧场，
那里的朝霞分外鲜妍，
多情的牧歌缠绵悠扬，
回荡在亲吻和欢笑间。

小溪畔有苜蓿和蔷薇，
普劳特[②]和拉冈[③]来隐歇；
蔷薇多刺如普劳特措辞尖锐，
苜蓿三叶化作拉冈双韵三叠。

① 戴斯普雷奥（1636—1711）：即古典主义文论家布瓦洛。坎迪里安（30—100）：古罗马修辞学家。

② 普劳特（公元前254—前184）：古罗马喜剧诗人。

③ 拉冈（1589—1670）：法国诗人，师承马莱伯，诗风清纯。

旭里欧神父[1]来此传道，
荆棘下有绿茵如碧，
如此鲜嫩的拳拳芳草，
引来色格雷[2]把歌谣采集。

这马却挣扎着，那目光
像双刃宝剑、土耳其弯刀，
它扇动着它的翅膀，
掀起一阵阵强劲狂飙。

它只想返回幽黑深壑，
向后退缩着伟岸身躯，
鼻孔喷吐熊熊的硫火，
眼睛饱含人世的疑惧。

它昂首向着虚空嘶鸣，
向着苍茫嗷嗷求援，
令人敬畏的苍天呼应，
隆隆雷声势如席卷。

酒神的祭司拨动琴弦，
斯芬克司[3]们双目睁大，
它们的脚趾一贯凶险，
如今更长出鹰爪尖甲。

---

① 旭里欧神父（1639—1720）：法国诗人，多咏及时行乐。

② 色格雷（1624—1701）：法国诗人，多咏田园生活。

③ 斯芬克司：神话中的狮身人面怪兽。

高悬天边的灿烂星辰，
听到这嘶鸣不禁颤动，
像女子手中一盏孤灯，
火光摇曳在阵风之中。

每当它那双黑色翅膀，
拍打顿时昏暗的天空，
一团团星辰失去辉煌，
都在茫茫中感到惊恐。

我紧紧抓住它的缰绳，
绝不松手，要它看看：
这梦幻的草地多迷人，
芳草下虫儿笑得多欢。

要它看看这田野绿荫，
六月和风吹拂的平川，
美丽的牧场如绣似锦，
所谓的天堂就在这边。

“汝欲何为？”维吉尔[①]问道。
“恩师，我牵天马放牧。”
回答时，我已从头到脚，
被神马吐沫湿透衣裤。

（李恒基 译）

① 维吉尔（公元前70—前19）：拉丁诗人。

花月篇

花月令①

旗开得胜呀，朋友们！
乘这曙光初放，我要
赶制一篇全新的诗文，
来把胜利的消息传报。

我要登上高高山巅
吹响嘹亮悠扬的喇叭，
让人人都知道春天
已催开遍野丁香花。

雅娜②的脚不再怕冷，
伸进了温暖的拖鞋；
有一股暖流在升腾，
弥漫于蓝色的山野。

鸟儿啭鸣，羊儿欢叫
五月笑着追击寒冬：

---

① 花月：法国大革命后共和历的第八个月，相当于公历4月20或21日至5月19或20日。

② 这不是雨果的孙女雅娜，因雅娜生于1869年，而这首诗作于1859年。显然，诗中的雅娜是雨果的另一位亲爱的，也许是他的密友朱莉埃特·德鲁埃。

一梭梭花弹打得好
看，到处已姹紫嫣红。

（李恒基　译）

奥尔菲在树林

明月照临该斯特林，
奥尔菲在侧耳倾听；
黑影处有什么声音？
笑得这样令人心惊？

底庇斯女预言家富达
在菲加累城[①]的附近，
看到灿烂星空之下，
有黑舞女的婆娑身影。

埃斯库罗斯黄昏漫游
在西西里岛的密林边，
忽闻林中笛声悠悠，
月光洒落银鳞片片。

普里纽斯[②]悠然忘返，

① 富达及菲加累城，均无考，大概是雨果杜撰出的名字，使人联想到北非或中东一带的古代文明。

② 普里纽斯：有两位普里纽斯青史留名。一位是老普里纽斯（公元23—79）：罗马自然学家和海军将领，死于维苏威火山爆发；有三十七卷《自然史》传世。另一位是他的侄子小普里纽斯（公元62—114）：罗马作家。但无论前者或后者均未到过米莱。

皆因迷恋米莱水仙：
杂草掩映，他在偷看
仙女们出浴瑶池边。

普劳特在维泰勃[1]徜徉，
那里有明媚的果园；
他偶尔捡拾果子品尝，
神仙啃过应留仙缘。

凡尔赛风景优雅绝伦，
淘气的牧神嬉戏浅滩，
他给莫里哀送上诗韵，
让布瓦洛为俏巧惊叹。

幽魂们出示昏昏镜子，
供老年但丁从中照看：
夕阳已下，枝丫参差，
一群群女子逃窜其间。

婀娜柳枝轻轻拂面，
谢尼埃眼前倩影浮动，
维吉尔迷恋过的玉肩
转瞬消失得无影无踪。

莎士比亚在树后窥探，

① 维泰勃：罗马城市，建于中世纪。死于公元前184年的普劳特不可能徜徉其间。

低垂的橡树仿佛入梦，
隐隐有声在林中飘散，
仿佛是谁在顿足捶胸。

哦，枝叶葳蕤，令我心醉！
这里一定居留着神道，
羊蹄精怪们成双成对，
在林木深处欢歌舞蹈。

（李恒基　译）

精魂[①]

我的房内飘来精魂，
我向这只蝴蝶开言：
“请告诉我：何物神圣？
是影子吗？抑或光线？

“是琴弦奏响的音乐？
是鲜花散出的芳香？
七情六欲，谵妄错觉，
哪一种最使人舒畅？

“何谓香火？何谓火苗？
如何才能转世还魂？
什么是镇痛的佳醪？
什么是助兴的甘醇？

“什么给万物以生机？
生灵何以眼明心亮？
告诉我上帝的指示
在书中的哪节哪章？

① 原题为希腊文。据“七星丛书”编者称，雨果把这个希腊字拼错了。精魂在古代常常被描绘成长着蝴蝶翅膀的人形。

“但丁走出冥府之时，
发现什么东西最美？
何为斯芬克司之谜？
圣灵为何点燃火堆？

“什么东西浅薄而崇高，
既实惠又抽象玄虚？
上帝赋予意义深奥，
凡人则享皮肉乐趣。

“何为心灵指点的桥梁
能从凡尘直登上天？
爱神和天使相逢相将
就在那条路的中间。

“哪把钥匙贵贱皆爱，
一面辉煌一面阴暗，
能把黑影锁在门外，
能开天门走进伊甸？

“奥尔菲和卓洛斯特拉[1]，
连同约翰施洗的基督
把玫瑰与星宿混杂，
他们意欲创造何物？

---

① 卓洛斯特拉：即查拉图斯特拉，伊朗宗教改革家（公元前700—前630或600）。其生平大多出于传说，但其学说却影响深远。他认为世界本来就存在善恶二元。他鼓励世人避恶趋善，以享永恒光明。

“你既来自上苍，女神，
天使，想必你能知道：
什么是明智？哦，精魂！
何谓德行？请你指教。

“为这尘世，为这人类，
无限创造的什么最好？
天父的杰作哪篇最美？
哪道闪电最启人心窍？”

赤条条精魂见我迷茫，
便在我的额头停稳，
她收起折不断的翅膀，
悄声告诉我：“这是吻。”

（李恒基　译）

诗人去踏青

1

踏青去，男伙伴，女伙伴！
孩子，凡乡间皆务农作，
我一律尊重，在北在南，
到夏天，都有烈日如火！

火！这就是全部的历史：
有四季枯荣、六欲七情，
以及我们倾心的宏旨，
也就是我们称为的理性。

狗无大小，能看家就行！
谁说芳草不登大雅之堂？
沃吉拉[①]亦有牧歌风情，
我让阿明达[②]在邦丹[③]咏唱。

自然对万物一视同仁，
葡萄颜色虽有紫有红，

① 沃吉拉：原为巴黎郊区，1860 年并入市区，为现在的巴黎十五区。
② 阿明达：维吉尔《牧歌》中的“牧童”。
③ 邦丹：巴黎东北郊。

是人把它们含义区分；
每种葡萄都有人赞颂。

牧歌唱的是方言方音，
不如听鸟儿在天歌吟；
牧歌把希腊形容如锦，
鸟儿却从不厚古薄今。

西西里和希腊的地名
再美再悦耳又有何用？
不能使倔毛驴更聪明，
也留不住爱情的芳踪。

塞夫勒[①]的鲜花同样娇艳，
不比伊布拉山[②]的逊色，
蒙特娄叶[③]的蜜桃香甜，
也应有神龙守护其侧。

赤条条自然古今一样，
在黄昏星光的笼罩下，
班杜西[④]暮色纵然辉煌，
蒙费迈[⑤]晚景并不稍差。

---

① 塞夫勒：位于巴黎西南，距巴黎2公里。

② 伊布拉山：在西西里岛，以盛产花蜜著称。

③ 蒙特娄叶：巴黎东郊。

④ 班杜西：罗马诗人贺拉斯曾咏唱班杜西的清泉。

⑤ 蒙费迈：位于塞纳－圣德尼区。

贝西[①]亦能使七贤[②]陶醉，
奥德叶[③]本是丹碧[④]子孙，
伊达山[⑤]固然云掩翠微，
酒肆的雅座也解劳顿。

万物其实并不分高下，
泉水洗濯粗服和紫袍[⑥]；
伊夫里[⑦]和雅典的朝霞，
都由同样的晨光映照。

此话以往我就曾说过，
而且我还要一再重复：
老生常谈经一番琢磨，
神圣诗句便脱颖而出。

芭贝和浮洛埃[⑧]都瑰丽丰满，
在博斯[⑨]，在塞浦路斯海滩，
到处有一样的金发闪闪，

---

① 贝西：原为贵族领地，有林木、古堡，后并入巴黎，为该市十二区，酒肆林立。

② 七贤：指公元前6世纪七位古希腊著名哲人。

③ 奥德叶：今为巴黎十六区，旁有著名的布洛涅森林。

④ 丹碧：希腊奥林匹斯山的一个著名山谷。

⑤ 伊达山：在小亚细亚古代名城特洛伊附近。

⑥ 紫袍：贵人所穿的华服。

⑦ 伊夫里：巴黎南郊。

⑧ 芭贝、浮洛埃：大约是山名，分别位于欧陆不同地点。

⑨ 博斯：即巴黎地区。

拉里夫拉起源于埃洛埃[1]。

水边，德娃侬畅快沐浴，
长长的头发披散于肩；
嘉莉洛埃也风姿如玉，
遐思于阿比多斯大殿。[2]

来吧，让市民尽情嬉戏，
结识林中长角的神怪[3]！
朋友们，德妮丝[4]的胸衣
比得上维纳斯的腰带！

2

所以，逃出巴黎，莫犹豫！
暂且把陶陶尼[5]抛一边！
到野外畅快地喝酒去，
我们陶醉于春光无限。

去庆贺遍野百花争妍，
走吧！让我们纵情欢笑，

① 埃洛埃为古希腊庆酒神节时歌咏的重复呼声；拉里夫拉是法国滑稽歌曲的重复呼声。

② 这一节诗实在匪夷所思。如果说德娃侬是指法国女子，那么嘉莉洛埃又是谁？

③ 原诗点出神怪之名萨蒂尔。这是神话中伴随酒神吹笛跳舞的羊蹄精怪。后人用以隐喻淫荡的人。

④ 德妮丝：法国女子名。

⑤ 陶陶尼：巴黎有名的咖啡馆，在泰布街口，意大利剧院附近。

同神女和花魁共翩跹，
歌舞场哪管泼皮恶少！

把书本刊物统统抛掉！
埋首书堆已令我憎恨。
咱们何不去摘小核桃？
夏天的景物多么宜人！

朋友们，到郊区就足矣！
花谢巴黎，却艳缀四乡。
弗洛尔本来与风同居，
后来才与布吕奈搭档。[①]

在乡间，诗句能变诗章；
在巴黎池塘就是阴沟。
我知道有些哲学家狂妄，
高喊“有吕泰斯[②]就足够”！

“乡下怎能比得上城里！”
每当伏尔泰这样起哄，
孩子，良知总不免生气，
要训斥达米拉维尔[③]寓公。

① 弗洛尔是花神，又是当时巴黎一位红坤伶的芳名，布吕奈是当时一位男演员之名。

② 吕泰斯：高卢时期的城市，建于塞纳河中的岛上，即现今巴黎市内的“城岛”，是巴黎的发祥地。

③ 大约是伏尔泰的居留地。

3

田野的夜晚肃穆万分，
灿烂的白昼笑得天真，
黄昏，婆娑枝叶渐隐，
黄昏虽美，且看那早晨。

那早晨，满天堆起彩霞，
一片光晕中黑夜消遁，
精明外交家显得呆傻，
牧童倒仿佛城府颇深。

破晓的天上月儿未落，
像金花亮在深深绿茵；
矢车菊在大地上闪烁，
像金色田野的蓝星星。

鸟儿竞飞，牛哞哞叫，
欣欣然，枝头树叶舞动；
随着逐渐扩展的光照，
越转越大的是那晨风。

空气在颤动，波声浩荡，
灵魂都敞开自己胸襟；
当曙光照亮田野村庄，
宇宙深信意识已觉醒。

4

走出巴黎和陋室蜗居。
因岁月易逝，去日苦多，
倒不如向苜蓿地扑去，
一直潜入爱情的心窝。

让亲吻连接抑扬诗韵，
想当年柏拉图在林中，
听到双簧管乐音如薰，
七情六欲竟为之触动。

房弗[①]有大片宽阔草地，
维尔达夫雷[②]有意放纵
丘比特们玩耍和嬉戏，
更不管他们娇嗔撒疯。

那里，游乐、欢笑和戏闹
在光影浮动的树林下，
追逐明媚春光的喧嚣。
变幻的美梦，岂问真假？

特里埃尔[③]水光潋滟，
阿斯尼埃[④]轻波回荡，

① 房弗：巴黎南郊，著名的米什莱中学所在地。

② 维尔达夫雷：巴黎西南的小镇，距巴黎 5 公里，有花园、古堡等名胜。

③ 特里埃尔：在塞纳河上游。

④ 阿斯尼埃：在巴黎西北 2 公里处。

一群小天使笑得多甜，
结伴航行在塞纳河上。

雅典的盐、塞纳河的水，
融合得如此精妙绝伦，
唯有一事尚不算完备，
雅娜，你不该没有情人。

既已陶醉，且放浪形骸！
跟随畜牧神[①]四处漫游。
让酒神的庆典卷土重来，
那本来就是歌剧的源流。

且教吉夫[②]审慎冷漠的
正人君子们情怀激奋，
孩子，但愿南台尔[③]响彻
埃穆斯[④]山中的悠悠笛声！

让牧神在樊塞纳[⑤]安歇，
何必请教阿里斯多芬？
他虽博学，却不避猥亵，
像太阳一样咄咄逼人。

---

① 原文为潘，希腊神话中的牧神，头上长角，脚为羊蹄。

② 吉夫：巴黎西南26公里，塞纳河畔的小镇。

③ 南台尔：上塞纳省首府，位于巴黎以西5公里。

④ 埃穆斯：希腊色拉斯地区的一座山名。

⑤ 樊塞纳：巴黎东郊小镇，有森林、古堡。

不妨笑傲市长和官员，
潇洒吾侪来把苹果啃，
这苹果如诗属于田园，
上面有莫虚斯[1]的齿痕。

（李恒基　译）

① 莫虚斯：据雨果称，这是一位公元前2世纪生于叙拉古的诗人，曾模仿希腊诗人阿纳克瑞翁写了不少情诗。

读柏拉图忽发奇想

我正在读柏拉图，
俄而起身去开门，
迎面却见一丽姝，
竟是我心中的美人[①]！

面对这绝代佳丽，
我还顾不上说话，
梦想却已经展翅，
飞在茫茫金光下。

她穿淡灰色短裙，
登上清脆的楼梯；
蓝眼睛目光炯炯，
清亮得有如晨曦。

她唱着一首街头
流传的民间歌谣，
那歌声出自她口，
仿佛是道道光毫。

① 雨果原诗的第三节四行为："我瞥见了莉戈丽，也就是我的杜吕莱。"按：莉戈丽是拉丁诗人维吉尔在《牧歌》中咏唱的美人。而杜吕莱则是拟声词，用于歌谣中的重唱。

天仙轻佻的脸盘，
把柏拉图音容遮断；
她下巴有丝带轻绾，
系住了头上的光环。

她的声音多妩媚，
肩披一方羊绒巾，
手里拿着奶一杯，
笑容如火暖人心。

斐同篇[①]给我胆量，
我冒昧地开了言：
“小姐谨请多原谅，
你莫非就是天仙。”

（李恒基　译）

① 柏拉图的《斐同篇》，假托哲学家斐同转述苏格拉底在临终前与弟子们的对话。苏格拉底说，死并非不幸，死去的只是肉体，而净化的灵魂是不朽的。

刚吃罢黑樱桃

她刚刚吃罢黑樱桃，
忽然间又大叫大喊：
“果仁糖的味道更好。
圣克鲁①真叫人腻烦！

“明明很渴，却没喝水；
反倒吃一堆樱桃，看！
多美，全黑了，这张嘴，
手指也染蓝了，别管。”

她还说了废话一堆，
佼佼玉手拍我打我。
哦，六月！阳光和玫瑰！
蓝天如歌，树荫静默。

她埋怨我，喋喋不休，
我则替她擦去污秽，
用花擦净她的玉手，
用吻擦净她的小嘴。

（李恒基　译）

① 圣克鲁：在巴黎西郊。

书的精灵

哦！你把我的心弦撩拨，
我熟悉的、亲爱的精灵！
天地既然明亮而开阔，
行啊，快解开你的衣襟。

让不同的宗教和戒律
不分彼此地和睦相处；
让裸露着胸脯的少女
在禁欲的隐修院曼舞。

无论在法兰西或科林斯，
你的号声把天马惊醒，
为了拉冈比斯琼[①]的车子，
它已经累得筋疲力尽。

把饰叶板[②]编成藤缕，
让神父把占卜师灌醉；
由大卫看狄安娜出浴，

① 拉冈比斯琼（1656—1723）：法国小说家、剧作家。

② 饰叶板：科林斯建筑装饰柱头的图案，形如爵床科植物的叶片。

教阿兑翁偷窥白萨贝[①]。

从愤怒的密涅瓦[②]鼻尖，
到光秃的圣保罗[③]头顶，
且张开蛛网的千丝万线，
把铿锵的诗韵全都收进。

要让玛莉雍[④]笑得弯腰，
引古代诸公为之惊嗟！
领阿菲希蓓[⑤]又跳又跑，
进巴黎咖啡屋吃宵夜。

要嘻嘻哈哈大吃大喝，
要东游西逛，谈情说爱，
遇见贺拉斯[⑥]表示亲热，
见到贝甘[⑦]千万别理睬。

根据荷马史诗画裸体，
虽为异端却符合经典；

---

① 据希腊神话，猎人阿兑翁因偷看女神出浴，而变为牡鹿，后被自己的猎犬咬死。而希伯来神话中却有窥浴结缘的故事。大卫偷看白萨贝洗澡，两人因而结成夫妇。

② 密涅瓦：罗马神话中的智慧女神，相当于希腊神话中的雅典娜女神。

③ 圣保罗：相传为圣经《新约》中《以弗所书》等的作者，是基督教奠基人之一。

④ 玛莉雍：16世纪名妓。

⑤ 阿菲希蓓：酒神狄奥尼索斯追逐的仙女。

⑥ 贺拉斯（公元前65—前8）：罗马诗人。有《讽刺诗集》、《歌集》及《诗艺》等作品传世。

⑦ 贝甘：18世纪法国平庸诗人，曾作“牧歌”多首。

查证夏娃、雷亚[1]的行迹，
弄清她们当年的姿颜。

体察爱情的层层变迁，
扫除学究的迂腐习气，
俯身池塘仔细地查检，
把诗的艺术直捣池底。

拉阿普[2]这只印度公鸡
跟着布洛瓦充当判官。
搅乱他们！让品都山里
被十二音步的诗律铺满。

把蜜蜂认作孪生姐妹，
你这清风谷的浪荡子，
也应有蜂房把蜜储备，
也应有它蜇人的尖刺。

且把修辞学抛到一边，
让情和理来呼应春秋；
你骑上驴背只管向前，
既然赶驴人名叫桑丘[3]。

愿房弗使你目悦心赏。
尽情胡闹，却切莫作恶，

① 雷亚：希腊神话中的天帝宙斯之母。

② 拉阿普（1739—1803）：法国作家、评论家、文学史家。

③ 桑丘：西班牙作家塞万提斯名作《堂吉诃德》中主人公的随身仆从。

而且为了郁金香方方[①]，
勿与阿贾克斯[②]比显赫。

应创造一种抒情牧歌，
在默东的森林中落脚；
起先诗句舞动得像火，
旋而转化成柔美轻巧。

萝克、高什、格拉叶、希弗[③]
是凡尔赛宫四位公主，
倘若她们送给你秋波，
回敬她们利爪，莫踌躇。

对茹侬，你要温柔相待，
与阿丝帕西、尼侬应同欢，
若戈彤前来，你装痴呆，
打哈哈敷衍，别说“不干”。[④]

要天真活泼，俊俏可亲，
愿你的歌声无所顾忌，
拂动底庇斯古老竖琴，
再萦绕圣克鲁的芦笛。

---

① 郁金香方方：法国民间传说的正直、聪慧的青年英雄。

② 阿贾克斯：荷马史诗中的人物，因与奥德赛交锋失败而变为疯子，后自杀。

③ 据冈邦夫人回忆录，这些是路易十五的四个女儿的名字。

④ 茹侬是罗马神话中天帝之妻，相当于希腊神话中的赫拉；阿丝帕西是古希腊才女；尼侬是法国7世纪时有文才的名媛；戈彤不知何许人。

愿你的书像茂繁树林，
其中只有百禽的欢唱，
而绝无笼中鸟的哀吟，
字字句句都崇高无上。

你可为所欲为，没关系！
只要真情能得到满足；
只要从你写的诗章里
能有啭鸣的云雀飞出；

只要杯觥交错的巴黎
未损伤你的自然真率；
只要你结交的众佳丽
仍保持着天上的光彩；

只要你的田园诗篇中
仍生长着粲然的苜蓿；
只要你的诗有如泉涌，
粼粼然供维纳斯濯足[1]；

只要格里莫·拉雷尼埃
能对布里亚－萨伐兰[2]说：
你的赞歌虽如水清淡，
却自有佳味供人品啜。

① 希腊神话说，维纳斯踩着浪花从水中出现。

② 格里莫·拉雷尼埃和布里亚－萨伐兰均为18世纪著名美味鉴赏家。

只要你的诗明澈清远，
像涟漪映照出碧云天；
只要诗中有小草细软，
供小鸟筑巢栖息其间；

只要精魂这美丽蝴蝶
得到你暖如天外的吻；
只要你咖啡杯中的诗
有露水气息，清香沁人。

（李恒基　译）

让我们歌唱卑微的主题[1]

致友人

是的，如今我要暂且抛开
一切重大而深刻的问题。
往日我牵扯着妖魔鬼怪，
乘坐鹰翼怪兽遨游天地。

如今我已下车，脚踏实地；
明天，我更要把我的诗句
都推入莫测高深的神秘，
不让它们在仓皇中逃逸。

但是今天苍鹰已超越我
（放心，我能赶上你，苍鹰啊）
我的诗只成了平常诗作，

① 原标题为拉丁文。显然，雨果在这里戏仿拉丁诗人维吉尔《牧歌》第四首的第一句：Paulo majora canamus——“让我们歌唱崇高的主题”。雨果在这首诗的开头便宣告：“要暂且抛开一切重大而深刻的问题。”

默东取代往昔的丹德拉[1]。

我随着光波和天鹅翱翔，
翩跹于春华的绿嫩红娇，
从葡萄园飞到农田陌上，
迎面六月的理想在微笑。

我告别了迷惘，走出梦幻、
死亡、枷锁和黑暗的所在，
明明是一步步直下深渊，
人们偏说那是上帝安排。

我曾经惨淡地探测黑暗，
寻问它究竟有几许深远，
为此我不惜钻进牛角尖，
板起面孔痛斥恶的根源。

我曾研究苦役监禁制度
和犹太、斯拉夫人的生存，
我还爱好观瞻高山深谷，
如今为求痛快都该停顿；

我搁置莫测高深的工作，

---

① 默东在巴黎西南4公里处，自文艺复兴时起就是文人们的集居地。丹德拉是上埃及古城，牛神庙废墟留下许多古文明遗物，其中“黄道十二宫图”最为著名，现存于巴黎国立图书馆。

把美杜莎和撒旦[1]全放下；
我对神气的斯芬克司说：
你走吧，我要同玫瑰对话。

朋友，幕间休息扫你的兴？
怎么办？你看，金色染树梢；
我已贴出布告，演出暂停；
我要到草地去放声大笑。

我要走下舞台与你做伴，
说说四月这夏天的司阍。
难道你要我数雏菊花瓣
来占卜永恒的清浊晨昏？

难道我该向忙碌的蜜蜂、
向百合花、向翩跹的蝴蝶、
向清泉展示黑暗的面孔，
让他们空对茫茫的深夜？

难道该恐吓悠然的棕榈，
恐吓椴树、水仙花和芦苇？
难道该让问题——无论细巨——
都倾入温巢，惊起鸟飞？

难道该把深渊混同荆棘？

① 美杜莎是希腊神话中的蛇发女神，被其目光触及即化为石头；撒旦是《圣经》中的魔鬼首领。

把疑虑搀入滴露的黎明？
什么？莫非要我粗声大气
去对待婀娜摇曳的花影？

人世间多有不祥的征兆，
我岂能一感到世事堪忧，
便呼喊栖息屋顶的小鸟，
扰乱呢喃温馨的云雀安休？

倘有一天我竟向白鹡鸰
讲解 Dies Irae[①]这句拉丁祷文，
我岂不是像染上了疯病，
丧失理性，变得是非不分？

当我伏在阁楼的窗台上，
看洗衣妇双手沾满皂沫，
高高兴兴地在放声歌唱，
听凭洁白皂沫浸上胳膊，

难道你要我这时来唱经，
说宇宙如何凶险和贫瘠，
圣约翰已向未知的冥冥，
怯怯地提出了许多问题？

说陡峭的深渊无边无岸，
昏沉沉几乎看不到希望，

① 意谓“震怒之日”，是追思弥撒时的祷文。

只有梦幻中的闷雷轰然
滚进黑黢黢的夜空茫茫？

难道你要我以空穴来风，
以漫漶苍穹的月色皎皎
来击破从雅娜的洗衣桶里
轻轻飘出来的肥皂泡？

（李恒基　译）

现实

大自然到处都相同，
无论在贡奈[①]，在日本。
董巴斯勒[②]就是神农，
披风、短裙不必区分。

拉瓦莉埃尔坐华乘，
阿芙洛黛特踩海贝，
对求爱的君王、火神，
她们都能狠心施威。

哦，儿子、兄弟，哦，诗人，
事情怎样，但说无忌。
言行须有纯洁精神，
灵魂高尚，言行不低。

西里诺斯[③]不揣粗俗，

---

① 贡奈：法国城市，在巴黎东北12公里处。

② 董巴斯勒（1777—1843）：法国农学家。这句诗的原文直译为："马迪厄·德·董巴斯勒就是特里普托莱姆。"按：特里普托莱姆是古希腊埃勒西的国王，相传曾得到司农女神的密授，故而精通农艺，并教会他的臣民务农。

③ 西里诺斯：希腊神话中的人物，是酒神的养父，头上长角的羊蹄精灵们（即萨蒂尔们）的生父。

玫瑰丛中他竟打嗝。
贺拉斯描写过淫夫，
莎士比亚猥亵敢涉。[①]

真实没有界限鸿沟，
多亏潘这兽的神道，
现实才在理想额头，
显露它的两只尖角。

（李恒基　译）

① 这两句诗的原文是："贺拉斯既然坦示普里阿波的行状，莎士比亚也就敢叙说博达姆的故事。"按：普里阿波是罗马神话中司生育之神，是男性生殖崇拜的象征；博达姆是《仲夏夜之梦》中的一个喜剧人物的姓氏，在英语中博达姆有"屁股"的含义。

走出校门

第一封信

既然我们已经十六，
老同学，快享受生活，
别再那么天真无忧，
因为人生从此开阔。

生活就是爱。你知道
在我们梦的黑影里，
我看见蓝眼睛闪耀，
亮得像星星正升起。

你可曾体会过幸福？
可曾做过残忍的梦？
可曾见过王公大夫
乘坐华辇，惹你眼红？

热血沸腾，如痴如疯，
袒露血淋淋的心胸；
但愿当一名小牧童，
把茅舍设在卢浮宫。

吃饭时候细嚼慢咽，
仿佛把幻梦细细回味，
夏娃的苹果滋味不浅，
犹如品尝苦酒一杯。

身坠情网，变痴变傻，
时而像天使款款飞，
忽又成苦役带木枷，
种种快乐我都体会。

有个精灵神秘奇怪，
人人称她痴情仙媛，
忽从天上跌入我怀，
惆怅如我与她缱绻。

爱的艺术我已精通，
香怜玉爱我都在行，
聪明过头反成愚懵，
夜夜托腮凭窗独望。

第二封信

她叹口气，委屈住在
小阁楼里，紧挨檐下；
有时她把门扇打开，
竟能碰上我的门把。

悄悄说吧：她挺傲慢，

好似仙女降在翠微，
扯一片碧落的蔚蓝，
把她的长筒袜补缀。

曙色初开，我想念她，
梦见她时，暮色正降。
若把软帽换成盔甲，
她就跟智慧神一样。

她穿一身薄纱花衫，
出门故意留份心眼，
随身带名老妪做伴，
充当保镖以示检点。

一见到她高雅如仙，
谁都不免乱了胸襟；
她傲然走进鲜货店，
买了两文钱的香芹。

她的目光美丽、透彻、
庄重，却无阴郁表情，
那模样很悠然自得，
仿佛漫步在月桂林。

恰如我们往常所见，
古代雕像也会传情，
仿佛射出灿烂光线，
微笑、亲吻，格外温馨。

有个怪人街头流连，
衣着朴素像个学生，
他向星星伸手乞怜，
对这叫化我极憎恨。

从此之后我不出门。
有一天她雅兴大发，
竟然叫我孤僻怪人，
我回敬，叫她密涅瓦。

（李恒基　译）

贫穷

腰缠万贯不算幸福，
得看他是否招人爱；
王宫未必胜过破屋，
有爱情到处都自在。

曙光照临蓬门荜户，
陋室也能胜似天堂，
绳床咿呀并非诉苦，
声声道出温馨欢畅。

钱多不免多添烦愁，
财少活得格外轻松；
哪怕穷得一无所有，
恩爱依然情切意浓。

在卢浮宫解衣宽带，
岂比陋室更销魂魄？
难道四壁富丽光彩，
能增添情爱的快活？

大地充满蓬勃生机，
它崇高、圣洁而神秘，

赤裸的夏娃一出现，
万物皆隐，碧空如洗。

一俟理想跃居五内，
神魂时已如痴如醉，
犹如林中和风轻吹，
谁还在乎荣华富贵？

贺拉斯爱莉迪[①]时很穷；
努米比亚的大理石，
对于增强情爱无用，
纵然能筑就豪华浴室。

爱情本是草地花朵。
哦，维吉尔！纵然没有
出入宫廷的富丽衣着，
艾格蕾[②]的美艳依旧。

女人啊，我们作赋吟诗，
直陈胸怀，不辞辛劳，
歌颂你们，所为何事？
只求你们露齿一笑。

谢尼埃和普劳贝斯[③]
并没有为你们增添

① 莉迪为贺拉斯诗中的美女。

② 艾格蕾为维吉尔诗中美女。

③ 普劳贝斯（公元前47—15）：拉丁诗人。

回眸传情的绰约风姿，
横卧锦床的灼灼光艳。

姑娘只需梳理整齐，
皮色白净，笑容可掬，
就是贝洛[①]笔下的佳丽，
色格雷眼中的仙女。

苏珊[②]解开她的长辫，
唱着歌把头发梳理；
我们的梦想和祝愿，
都随之飞进云端去。

玛戈就是格莉赛纳[③]；
哦，我不禁想入非非，
星光闪烁，碧天无涯，
阿奈特的裙边在翻飞。

夜色朦胧，黑暗无光，
白天衣着已不要紧，
就算她穿粗布衣裳，
肌肤柔滑胜似绸锦。

智者的财富是聪明，
只要称心他都收纳，

---

① 贝洛：这里大约是指夏尔·贝洛（1628—1703），曾有童话传世。

② 苏珊：一般女子名，下面提到的玛戈和阿奈特亦然。

③ 格莉赛纳：公元前4世纪时的希腊名妓，得王宠。

对贵妇不过分崇敬，
对贫女也从不害怕。

爱情二字但说何妨，
大胆出口，不必多虑；
爱若意谓痴心若狂，
情必指涉情态可掬。

贫家女子好比天使，
天使岂曾携金带银？
无钱未必没有欢喜，
试看莺燕追逐山林。

自我坠入情网以来，
整日只知快乐歌唱，
歌声岂能带来钱财？
珠玉不缀山鹑翅膀。

难道仪态还需镶金？
何尝有人给美镀银？
一见贫女婀娜前行，
顿觉丽日煌煌照临。

（李恒基　译）

合卺曲

潘克拉斯[①]有娇妻同眠，
印度公鸡同黄莺配对；
待太守把鸳鸯谱乱点，
美满婚姻从此无嗟悔。

墨迹斑斑的冬烘老鬼，
竟搂着佳丽招摇过市；
丑男领美女去赴舞会，
朝阳与垃圾结成夫妻。

兽神和花神合卺成婚，
这故事本已陈旧不堪。
试问世间若没有丑人，
女子又何必如花娇艳？

花瓶里插着一枝藤莲，
在瑟瑟哆嗦，早春苦短！
我觉这花太稚嫩可怜，
花瓶重得像污泥一团。

---

① 潘克拉斯：莫里哀喜剧《包办婚姻》中的人物，身为医生，面目可憎，且迂腐不堪。

腓力斯[1]女子俏丽可爱，
腓力斯汉子粗俗不堪，
粉肩却依偎粗汉胸怀，
竟喃喃立誓：海枯石烂！

丘比特[2]本是任性小孩，
糊糊涂涂把命运安排；
别看他天真笑逐颜开，
好事从来都被他弄坏。

要命的爱神！可爱，可恨，
你怕他胡来，他偏胡来；
因为他稚嫩，作孽至深，
因为他调皮，更需膜拜。

（李恒基　译）

① 腓力斯人为地中海东岸的古代居民，一般泛指没有文艺修养的粗俗的人。

② 丘比特：希腊神话中的小爱神。

开怀

唱吧，歌声越唱越火热，
连唱带骂，且不论雅俗！
歌声像酒，装一杯欢乐，
咒骂像满杯酒水溢出。

酒肆中人人都很幸福，
只要用薄呢紧紧裹住，
易犯风湿的关节手足，
让欢乐掩盖平日严肃。

欢笑是一对有力翅膀，
支撑飞在半空的我们。
多亏哲学家宽宏大量，
把快乐的人说成好人。

一句俏皮话足以打消
卡东[①]令人敬畏的盛怒。
亨利四世[②]的罪孽勾销，
皆因有笑骂把他保护。

① 卡东（公元前234—前149）：罗马政治家，以厉行廉政著称。

② 亨利四世(1553—1610)：法国国王。在位时使因宗教分裂的法国趋于统一、安定。相传他有咒骂的口头禅。

上帝愿意人人都高兴。
欢乐向多情人咧开嘴，
仿佛说这牙咬嚼有劲，
但笑起来更令人陶醉。

（李恒基　译）

默东

为什么不骑驴来玩耍？
为什么不散心游默东？
刻薄的人不来倒也罢，
这里处处是快乐、宽容。

绿荫浓浓，何似这胜景？
幽静得仿佛故意撩人；
遁这曲径继续往前行，
林深处更有佳境绝伦。

谁在唱？看夏天为我们
献上这片葱郁的树林！
有灌木团团，乔木森森，
爱情消歇了高歌低吟。

紫罗兰在巴黎受糟践，
在妮侬堕落的布列达[1]，
士女游憩处，脂粉浓艳，
真该叫她们莫再喧哗！

---

① 布列达：巴黎市内情侣出没的地区。

森林中魔鬼收起贼心，
有蹄的撒旦也不捣乱，
蠢蠢欲动的只有纯情，
伺机撩拨少女的春怨。

走进树林，纯情在沸腾，
抬眼望苍天，心胸舒坦；
给我们引路的是灵魂，
但是牧神在一旁窥探。

清泉是赤条条的水仙，
树影婆娑给你戴上戒指；
牵牛花在伸展中盘旋，
委婉道出麻雀的心思。

万物在咏唱，和谐动听，
声声唱得真切；朱顶雀
和黄莺款款飞得轻盈，
呖呖啾啾更堪称双绝。

在这里，守口如瓶的人
都不免倾诉深心的曲衷；
田野中，有把钥匙真神，
能开启隐藏奥秘的穴洞。

这里万物都和睦协调，
你感到如梦的林深处
隐约有牧神在吹排箫。

幽静与轻佻联袂飘舞。

美女们变得格外俏丽，
小爱神忙着飞来飞去，
玫瑰花癫狂得无顾忌，
金翅雀撒欢多么有趣。

生生不息的大千世界，
一代又一代赓续繁衍；
万物激荡，心与心相贴，
峰峦迭起是爱情显现。

草木都期盼更生万年，
生命都希望爱情、家园、
黎明、蓝天、水波、河岸，
以及心灵、上帝永恒无限。

应相爱。在美丽的夏夜，
面对深深如许的神秘，
看着万物在激荡摇曳，
谁能不感到无限爱意？

玉手捂住灶火的贞女[①]，
到此会有何等的感慨？
见森森林木、灼灼朝旭，
都仿佛笑她力所不逮。

① 罗马神话中供奉灶神的童贞女。

春天是一次全面报复，
林中百花曾何其轻狂！
百里香吐蕊，杨花飞舞，
蔷薇、长春花竞相怒放。

树枝草茎都被压弯腰，
鸟儿嘲笑蒙迪翁大奖[①]；
大自然处处春意喧闹，
人人都感到喜气洋洋。

上帝宁静地俯视人间，
野草地充满吉祥之兆；
浪蝶飞来飞去好疯癫，
逗得紫罗兰豁然开窍。

我想起当年我正年少，
刚过十六，还不满十七，
情窦未开，如花尚含苞，
倒曾利用过老林的恩益。

有一位姑娘为我爱慕，
她同我在树荫下流连；
凭借这片深幽的林木，
我更感觉到情意缠绵。

① 蒙迪翁（1733—1820）：法国经济学家，大革命后流亡国外。他曾设立两项年度大奖，一为褒奖道德崇高的文学作品，一为褒奖行为道德的法国穷人。

我们把萋萋芳草当床，
在馥郁的丁香下陶醉；
我们快乐、高兴、心花放，
当年我们多么天真，唉！

我们俯身把一切闻遍：
树木、草地、花朵和爱情；
让种种陌生气息充填
我们早已醺然的心灵。

我们的亲吻渐趋癫痴，
任树木花草轻推轻摇，
我们起先像一对天使，
后来竟变成两只飞鸟。

那正是众鸟归巢时分，
暮色中一切都已苍茫；
孤僻的月亮惊然目瞠，
涨红着脸在远处观望。

那姑娘像过节般温柔，
一直跟着我边唱边走；
见我目光被喜悦浸透，
她忽然脸发白身颤抖。

娇喘掀起她胸前花边……

啊，荷马！伊达山[①]的薄雾！
“结婚吧！”她说，手抚心田，
玉容正色地大声倾诉：

“快去请神父，不要拖延，
请他为咱们主持婚礼。”
她只顾说话，却听不见
枝头树叶在窃窃私议，

也注意不到团团灌木
发出唧唧喳喳的嘲笑：
“哪来神父为婚礼祝福？
这些花岂曾为此操劳？”

林中有棵苍劲的橡树，
主干足以作宫廷门楣。
我问：“默东神父在何处？”
它说：“神父就是拉伯雷[②]。”

（李恒基　译）

① 伊达山脉，在小亚细亚，古代名城特洛伊附近。荷马在其史诗中曾描述山中景色。此处以薄雾喻少女胸前花边。

② 拉伯雷（1494—1553）：法国文艺复兴时期的伟大作家，曾寓居默东。

悄语告读者

被情欲迷住心窍的人，
多情反而会变傻变痴；
凡心术不正、梦想非分，
到头来难免弄成呆子。

女色可畏。任你多刚强，
也能被劳拉[①]轻易征服。
上帝造就的君王将相，
谁能够抵挡女色迷惑？

切莫小看女子调笑，
切莫小看娇儿戏闹，
戏笑间教我辈折腰，
得胜的终究是弱娇。

美德用她白净的手，
不断把瑰丽的金线，

① 此处雨果或指女优劳拉·蒙黛丝，巴伐利亚国王曾为之神魂颠倒。

缝缀约瑟夫[①]的衣袖，
男子汉才顾及脸面。

（李恒基　译）

① 这里的约瑟夫大约是指希伯来人的祖先。相传他曾被卖给埃及法老的客家为奴。管家妻诬蔑他不轨，他因而被投入监牢。在牢中他结识了司酒官，此人赏识他的才能，荐他进官。他善于释梦，得法老宠信，官至丞相。

今昔辩[1]

1

恰如源头在南、流偏北，
子孙总不肖祖先须眉。
塔西佗[2]而今成苏拉维[3]，
“埃克”[4]已转化为“活见鬼”。

古竖琴产生出曼陀林，
米诺斯[5]后代叫色吉埃；
最早的衬垫贴敷前襟，
用的是一片无花果叶。

如今我们的情郎形象：
头上戴软帽，喝得半醉，
腆着小肚子坐在桌旁；
而古代情郎只喝清水。

① 原标题为拉丁文 Senior Est Junior，意思是“老即少”。

② 塔西佗（55—120）：罗马历史学家。

③ 苏拉维：即让－路易·吉洛（1752—1813），立宪派教士，编撰历史著作多种。

④ 在《悲惨世界》中，街头顽童迦弗洛什得知，古人骂“活见鬼”谓“埃克”。

⑤ 米诺斯：希腊神话中的克里底斯国王。法国有好几位大法官姓色吉埃，尤以比埃尔·色吉埃（1504—1580）最著名，此人曾任巴黎最高法院院长。

《圣经》中的婚礼祝贺词，
句句赞美水井大而圆。
在古人心目中的女子，
个个头上都顶着水罐。

阿迦[①]从泉边汲水归来，
赛福拉[②]提罐去激流边，
都目不斜视、神态和蔼，
也不哼小曲，举止静娴！

希伯来人的明媒正娶，
往往都借助水池井沿。
魔鬼把水灌满，又挖渠，
上帝给水面一片蓝天。

阳光灿烂。雅歌的时代！
哦！几百年的纯真质朴！
这些古人都年轻可爱！
从巴吕克们[③]到巴伊夫[④]。

那时拾级百步的庙堂

---

① 阿迦是埃及的女奴。族长亚伯拉罕的妻子萨拉长期不孕，遂劝丈夫纳阿迦为妾。后出于嫉妒，萨拉把阿迦赶走。事见《圣经·创世记》。

② 赛福拉系摩西之妻。但《出埃及记》中并没有说她去过激流边。

③ 巴吕克，以色列四大先知之一的耶利米的学生。《巴吕克书》被认为是继《耶利米哀歌》之后的第二经典，记录了犹太人流亡生涯的悲惨实况。

④ 巴伊夫，即让-安托万·巴伊夫（1532—1589），法国著名的“七星诗社”成员之一。

高踞尼尼微[①]群山之上，
沉思的天使们给族长
奉献上奇珍，供他品尝。

以西结[②]至今仍在谈论：
苍天如何为约伯[③]操心；
人们一早就听上帝发问：
“雅各[④]，你是否用过餐饮？”

2

太平岁月安详亲切！
乳母们把乳房袒现；
树木摇曳着茂密枝叶，
人类养育出君子圣贤。

这古瓮已经年代久远，
洁白的手臂是它双把；
这拳拳赤心亦如逝川，
它们曾相贴何其融洽。

古代的激情现已平息。
当前又一番盛世景象。

---

① 尼尼微：亚述王国的首都，位于底格里斯河左岸，毁于公元前612年。

② 以西结：犹太民族四大预言家之一。《圣经》中有《以西结书》传世。

③ 约伯：为信仰而弃财的富翁。《圣经》中有《约伯书》传世。

④ 雅各：耶稣门徒之一。《圣经》中有《雅各书》传世。

爱已过时。罗西娜[1]选婿
把巴托洛、林陶都掂量。

我们不再单纯，更聪明。
我们的爱像一片森林，
法兰西银行隐约的身影
悠然游荡在通幽的曲径。

3

堂堂埃及王后罗朵普[2]
屈趾造访阿莫斯寒舍，
好比大庙不嫌小庙土，
太阳来向猫头鹰道贺。

至高无上法老的宠后，
在阿莫斯家舒服自在，
好比骆驼尽管大胃口，
石缝呈细草也算款待。

她心满意足疼爱才子，
对他并没有其他要求，

---

① 罗西娜：法国喜剧家博马舍（1732—1799）的名剧《塞尔维的理发师》中的人物。伯爵阿尔玛维伐爱上罗西娜，但她的监护人巴托洛看管很严。伯爵于是冒称林陶，设法把她从巴托洛那里诱出。巴托洛本来想娶罗西娜的，所以才看管她很严。

② 罗朵普：传说中的希腊名妓。一天老鹰衔走她的鞋；鞋落在埃及王宫。国王惊喜，派人寻访鞋的主人，终于与罗朵普结婚。但传说中的罗朵普从未与阿莫斯有过往来；造访阿莫斯云云纯系雨果创造。

只见预言家若有所思，
蜷缩在角落喃喃不休。

底比斯才女阿墨斯特莉[①]，
让两头怪兽[②]替她拉车；
她一双眼睛深不见底，
因而有伊莱伯[③]的神色。

为了博得她粲然一笑，
自愿进他栖身的棚屋，
巫师奥克苏[④]给这女妖[⑤]
献上一只尼罗河老鼠。

一个梁木纵横的巢穴，
钉子挂着盛酒的皮囊，
一张张兽皮还在滴血，
这是卧室，安息的地方；

歌人约德[⑥]拥萨拉同眠，
卧榻是碧绿的金雀草；
警觉的鬣犬受他派遣，

---

① 阿墨斯特莉：波斯王后，据说生性残忍。

② 原文为 Griffon，有鹰头、鹰翼、鹰爪的狮身怪兽。

③ 伊莱伯：希腊神话中“混沌”和“黑夜”之子，后作为死亡的象征，或冥界河。

④ 奥克苏：希腊文中一条河的名称（即现在的阿慕达里亚河，塔吉克斯坦和阿富汗的界河），雨果让它成为巫师。

⑤ 原文为 héta ïre，古代艺妓。

⑥ 约德并非歌人，而只是希伯来藏头诗的一个字母。

见有人来就汪汪大叫。

罪城索多玛[①]一共五座，
大祭司菲尔迎风占卜，
看鬼魂，他的目光灼灼，
望世人，反倒眼力模糊；

为得一朵蓝色的莲花，
金发女郎斯妲纳布赛[②]
把罪城祭司请进了家，
当作可亲的神父接待。

僧侣赛戈已骨瘦如柴，
一丝不挂出没于林中，
淫荡地邀请邦泰西莱[③]，
与他共嚼同一根生葱。

伊莱克特拉庙的祭司
——克朗奈斯从不离黑暗，
躲在墓中把鬼魂奉侍，

① 《圣经》上说的罪城确有五座，其中主要的罪城是位于死海南岸的索多玛。五城中最小的为塞戈。上帝原先要毁灭这五座城池，后经洛德哀求，赦免了塞戈。在下面的诗中，塞戈成了僧人的名字，这又是雨果的创造。

② 斯妲纳布赛：在《圣经》中，斯妲纳布赛是个男人的名字。参见《以斯拉记》第五章。

③ 邦泰西莱：是荷马史诗《伊利亚特》中被阿基勒斯所击杀的女儿国的王后。据希腊神话说，女儿国在黑海边。该国妇女将儿子交父亲养育，女儿则烙其右胸，以利于练习拉弓射箭。

却请泰绮丝[1]共进晚餐。

美女泰绮丝应邀前来，
手举水杯，半靠在石上，
祭司与她同坐在一排，
对着鬼魂，她饮得酣畅。

在这曙色曚昽的往昔，
大蒜几瓣和清水半升
足以使女子上钩着迷，
爱的艺术便逐渐形成。

4

当今倾国倾城的佳丽，
当今头发如波的美女，
早已大大不同于往昔，
改变了许多古时规矩。

今天诺诺特[2]老爷休想
轻易踏进希朗什闺房，
除非他先付钞票还账，
美人总有债务需清偿。

---

① 这里的泰绮丝也不会是亚历山大大帝迷恋的雅典名妓，或后来安纳托尔·法朗士所描述的在沙漠中悔罪的埃及尤物。

② 诺诺特：伏尔泰的政敌，耶稣会教士。雨果在诗中多次讽刺过他。

今天巴伐利亚的国王
想博得卡曼小姐青睐，
就得把珠宝成串带上，
否则他登门无人理睬。

巴登[①]的流水清澈无泥，
浓密的树下美女如云，
她们谁肯屈趾占村里？
怕牛车污泥溅湿绣裙。

没有钱，就算是贝尼斯[②]，
敲卡玛戈[③]家门的时候
也不免心发虚，手疑迟，
嘟囔着骂娘，浑身颤抖。

倘若哈菲兹[④]夫子自道
妄称酒囊足赚美人心，
从艾姆斯到基西拉岛[⑤]
人人都会把他当笑柄。

---

① 巴登：指德国城市巴登－巴登，位于德国西南部，在黑森林西麓，有温泉，是休假疗养的胜地。自上一世纪至本世纪初，该地受欧洲情人们的宠爱。本诗作于1865年9月，雨果是年9月8日至10日恰在巴登。

② 贝尼斯（1715—1794）：法国外交家，诗人。诗作大多是情诗。

③ 卡玛戈：与贝尼斯同时代的名舞女，圣日耳曼德普雷神父的情妇，未闻与贝尼斯有染。

④ 哈菲兹：波斯诗人。

⑤ 艾姆斯也是德国的温泉疗养地。基西拉岛在希腊。

5

有心人不再尽干傻事，
开支票更能撼人心怀；
跪倒在金雀花下发誓，
白白让草叶染绿膝盖。

晚上什么最令人销魂？
把银钱锁进自己钱柜！
胜过摸黑听悄声询问，
胜过星空下与人幽会。

什么最让情人乐陶陶？
什么最让薄情人动心？
只要把金币越堆越高，
推拒自会转变成相迎。

如今的谈情说爱好比
旗鼓相当的棋手弈棋。
如今的“牧女”[①]羊毛也剃，
但更狠刮银行家的皮。

心灵本是高级计算器。
女人不枉有丰满胸部，
终于看出推算的威力

① “牧女”在“牧歌”中是纯情的少女，“牧童”的理想伴侣。

竟巨大到吓人的程度。[①]

唱着舒伯特、韦伯的歌，
她心中却在暗自盘算：
爱情、灵魂该什么价格？
多少钱才值得两情缱绻？

贝德像处女，令人爱慕；
在梦幻的天空，她发现
有时腰缠万贯的巨富
自愿上钩，肯为她花钱。

为了让阔佬轻松轻松，
减轻一点钱包的重量，
巴黎有青楼专职此工，
伦敦的窑姐叫夜度娘。

6

扇面上押注，按时计价。
越有眼力，价码越翻番。
达夫尼刚凑上热脸颊，
克洛埃忙递来报价单。[②]

---

① 原文最后两句是："看出计算表吓人的威力，真不枉有弗莉内的胸部。"弗莉内是雅典名妓，传说法官曾当堂脱去她的衣裳以验证她的身体。

② 达夫尼和克洛埃为希腊言情小说中的主角。他们都是弃儿，被牧人收养，后结为夫妻。

安娜，西赛莉尔，帕西泰，
莉兹粉头低垂更讨俏，
贝德欢快，帕米泪满腮，
要求欢只需现钞支票。[①]

她们的本能倒不轻佻，
敞胸袒卧，沉迷在梦乡；
她们梦见一张张钞票，
纷纷在风中飞舞飘扬。

怎禁得阔少出手气派，
教美人个个俯首帖耳。
尽兴吧！阔少也得举债，
才离得开销金的青楼。

在某某逗趣的喜剧院[②]，
格调低下的乐声喧嚣，
流水般的铜钱和金元，
扼杀莫扎特的咏叹调。

名伶女优就在此造就。
待舞榭幕落，弦歌消歇，
卡尔扎多森林[③]好深幽！
有人会遭到莺燕洗劫。

---

① 安娜、西塞莉尔、帕西泰、莉兹、贝德、帕米均为女子名字，此处泛指烟花女。

② 这里影射巴黎的意大利喜剧院。

③ 卡尔扎多是意大利剧院经理，1863 年曾以欺骗罪被判十三个月的监禁。把意大利剧院称为卡尔扎多森林，显然把它同盗贼横行的蓬迪森林相提并论。

7

除非毛孔能分泌卢布，
否则你还不如把爱心
去喂新加坡的黑面虎，
弗洛拉[①]虽香，不可轻信。

卡德琳娜像泥塑木雕，
冷冰冰，对来者都不拒；
橱窗里的塑像都带笑，
她也常挂着笑容可掬。

哦！出售青春的女行家！
斯苔拉出售热情叹息，
吕兹像女牧神笑哈哈，
露出能嗑核桃的牙齿。

萝丝若有所思；阿尔芭
本是西雍山[②]上一朵花；
格丽赛莉如白玉无瑕，
像月光下显灵的女菩萨。

看，这是罗尔、福贝、波拉；
有的二十，有的才十八；
看清了；小的犹如朝霞，
大的更个个春意有加。

---

① 女子名，泛指交际花之类的名媛。

② 西雍山：在巴勒斯坦，耶路撒冷就在西雍山上。

她们袒露着粉嫩酥胸，
金丝般柔发拂过乳房，
等待贝尔纳[①]气势汹汹，
握大把金币踏上绣床。

在发财的犹太人头上，
爱神打开天花板下凡，
当今香怜玉爱再堂皇，
也都是这小淘气的孙因。

8

夜幕下，女人张开蛛网，
暂时停止了一切算计，
倒不为寻星星而伫望，
她要找杜加列[②]在哪里。

她是女专家，算盘精通，
狡猾得像传闻中的龙；
她是仙女，能教阿巴公[③]
改头换面对她言听计从。

她战绩辉煌，看，战利品：
杯中的残酒，一桌纸牌，

① 贝尔纳：原文为萨缪埃尔·贝尔纳，系路易十四时期著名银行家。
② 杜加列：勒萨日作品中的“冤大头”。
③ 阿巴公：莫里哀笔下的悭吝人。

几个摘掉瓶盖的酒瓶；
她还掏空财主的钱袋。

后来，她的一切都转变；
丘比特深知她的门道、
她的七情六欲、她的心眼，
磨坊认得她戴的软帽。

她的生活是喧闹的诗，
她幻想，欢笑，无忧无愁，
酒杯一再斟满，毫无节制，
酒客尽兴痛饮，一醉方休。

这招人疼爱的小妖怪，
不图**天长地久**，只说**再来**！
她的筛子挂满情和爱，
只有金和银才能过筛。

唉！为何有那么多污点
沾满那些俏丽的面庞？
上帝啊！她们那么娇艳，
本应去林中曼声歌唱！

9

唱吧！笑吧！——我却沉溺于
古代爱情的纯真梦境；
我的内心与荷马相遇，
我们都有童贞的心灵。

我身在田园，有爱，有梦；
我作田园诗，牧牛放羊；
我见果园里苹果已红，
都送给夏娃尝鲜品香。

我是古代君王，是百姓？
随您便。我说：得有信仰，
思想，爱情！我出城远行，
在芳香和光明中徜徉。

凡是体面的田园诗句，
几乎从不涉男女私情。
牧场好比无邪的少女，
不可用秽语扫她的兴。

我学贺拉斯一声长叹，
忽见有人正扶犁耕田。
那时已黄昏，四野渐暗，
铧犁像盔甲反射光线。

我跟花草树木住一起，
有个景象我百看不厌：
一头头母牛涉水过溪，
慢慢悠悠走过我的眼前。

我在山顶上明明听见
树丛里一窝鸟在歌唱，
这时明月在天边出现，

啾啾鸟鸣溶入皎皎月光。

我独自侧耳细细倾听，
我听到我身内和身外，
不知是谁在喁喁不停
说着我听不懂的感慨。

我爱红得如火的曙光，
我爱正午耀眼的明亮，
我爱太阳，灼热的骄阳
是我梦牵魂系的故乡。

清晨，曙色催万籁俱醒，
谁在低语？谁在吟唱、欢笑？
我幻想着。朝霞多纯净，
鸟儿有多机灵，多乖巧。

喜鹊、燕雀、朱顶雀在唱，
灰雀、云雀在九霄应和，
泉水也把汩汩音符添上，
风在絮语，上帝在祝福。

雅娜和内奈在溪边濯足，
溪流中水草忽散忽聚；
我敢同诸位打这个赌：
没有比这溪流更美的歌曲。

（李恒基　译）

我不费心去过问

无论钟楼还是钟塔，
我才不费心去过问；
国王也罢，王后也罢，
我已不知其为何人。

说句实话，我已不管
贵族是否讲究身份，
神父念经用何语言，
希腊文还是拉丁文；

人们该哭还是该舞，
鸟儿是否居巢对唱。
雅娜问我如此何故，
因为我已坠入情网。

你知道吗，我想何事？
我想到你白净的脚，
当你涉水过小溪时，
举足玲珑像只小鸟。

你知道吗，我因何为难？

因地平线上有条锁链，
虽无形迹，却拉你回返，
让你远离我的身边。

你知道吗，我因何烦恼？
你迷人而得意的神情
把我的心田彻底搅扰，
弄得我时而阴时而晴。

你知道什么我最在意？
你裙上每朵小花，亲亲，
我都要格外钟爱、珍惜，
胜过对待满天的星星。

（李恒基 译）

雅娜在唱歌

雅娜在唱歌，时而弯腰，
时而跳跃，真叫我喜欢；
像飞落在枝头的小鸟，
她唱罢一段又唱一段。

她刚才说了什么情况？
她摘一朵花插在胸前，
眼睛闪烁着清晨曙光，
她说了什么？声音多甜。

难道她说到了功名？
说到疆场，苍天，战旌？
还是只说飘带轻盈
更衬托帽样的时新？

我不记得。我还在听。
她是唱赞歌还是小曲？
就像清晨，听到鸟鸣，
声声激荡我的情绪。

我像过节一样欢快，
我仿佛要腾空飞翔，

我恨不得有顶金冠，
立刻戴到我的头上，

愿她向我坦呈美丽，
我愿与她生死相依，
登天去把星月采撷，
谁来助我一臂之力？

一位女子使我发懵，
只恨我太缺少魅力。
唉！我感到心受触动，
随时都会猝然开裂；

因为女子好比神鸟，
只需用翅轻轻一拍，
便能敲开我的头脑，
痴梦便滚滚溢出脑海。

（李恒基　译）

大自然充满爱

大自然充满爱，雅娜，
就在我们欢乐的周围；
一朵接一朵开放的花，
仿佛有意让你赞美。

好，安杰莉克！呸，奥尔贡！①
经我们齐声咒骂，寒冬
在步步后退，咕咕哝哝，
逐渐消失在云雾之中。

我们的心境安详宁静，
无限幸福在其中陶醉；
得胜的春风染绿树林，
宁静更衬托枝叶葳蕤。

六月把鲜花盖满山巅，
并乐此不疲洒遍人间；
可是我们何曾埋怨？
玫瑰再多，也不讨嫌。

---

① 安杰莉克，女子名，一般指纯情女子。奥尔贡，莫里哀喜剧《伪君子》中迷信而专制的父亲。他轻信伪君子塔尔丢夫的花言巧语，逼女儿与伪君子结婚。

春燕款款飞在你额前，
因你的眼睛清澈如天；
那么近，你简直能看见
翅膀羽毛的丝丝纤纤。

你的优雅是迷人的光芒，
你的青春如童贞无瑕，
它把碧落映照得亮堂，
又在周天铺满朝霞。

纯洁的百合喜开笑颜，
为与你相像而庆幸；
你的心灵是一坛信念，
鸽子愿意飞来畅饮。

（李恒基　译）

我谢绝了宴饮

朋友，我谢绝了宴饮。
既已脱离你们的酬应，
低声细语的远方森林，
便悄悄召唤我的心灵。

我要远离巨宅华屋，
只要我还能够行走，
能与山石、大树为伍，
亲近林中飞禽走兽。

我要远离喧嚣都城，
只要上帝慈悲宽仁，
肯给我的膝盖骨缝
加几滴油，让它滋润。

不过你千万不要以为
我既然清高，向往田园，
躬耕云云必唯古是归，
要求阡陌有古风景观。

不要以为我的情怀
不知何为“欲说还休”，

倘无从模仿阿尔赛[1]，
会以于尔菲[2]为效尤。

不要以为我只向往
维吉尔徜徉的赫墨[3]。
在诺曼第的土地上，
将结出我牧歌的硕果。

微风拂过苹果树林，
足以引发我的诗情；
我的牧童都是农民，
朋友，农事催我歌吟。

直白坦荡作成的诗篇，
无需借典故矫饰张扬，
不用希麦特[4]蜂蜜增甜，
不用阿卡迪[5]干草添香。

我的牧歌不尚古意，
悠悠然席草地而坐，
听老牛边走边喘息，
看它暮归走向村落。

---

① 阿尔赛（公元前7世纪）：希腊诗人，又译作阿鸠斯。

② 于尔菲，即奥诺雷·德·于尔菲（1567—1625）：法国诗人，作家，他创作的小说《阿斯特雷》在17世纪影响极大。

③ 赫墨：传说成歌神奥尔菲的故乡，故有诗人“维吉尔徜徉”云云。

④ 希麦特：希腊山名，雅典附近。

⑤ 阿卡迪：希腊中部地区，在诗歌中常作为田园风光的理想之地。

我的牧歌不猥不贱，
即使阿兰在枫树底下
夺走特瓦侬一方手绢，
我也不把格调糟蹋。

泰奥克利特[①]是我师承，
但我认为路边的雏菊、
穷乡无文的村野后生，
入诗未必是残花败絮。

我爱布满龟裂的老墙，
我爱墙缝长出的小花，
我爱苍蝇嗡嗡地飞翔，
吹响它们得胜的喇叭。

我爱教堂和教堂墓地，
爱那病弱老人和拐杖，
我爱姑娘穿着木屐，
朱唇粉腮走出教堂。

她们就像那群鸽子，
据说曾经在雷斯博斯，
讲述转世还魂的故事，

① 泰奥克利特（公元前315—前250）：希腊诗人，有《田园诗集》传世。他的诗大多缅怀古代淳厚民风。

让秦邦德尔[①]听得发痴。

我爱色丹娜和雅娜，正如
我爱奥尔菲和普拉泰里尼[②]。
麦苗青青，鸟儿飞舞，
昊昊碧落，无限无极。

（李恒基　译）

① 秦邦德尔（公元前8世纪）：雷斯博斯（希腊爱琴海东的岛屿）的诗人，与阿尔赛、萨弗等齐名。

② 奥尔菲：希腊神话中的歌神。“普拉泰里尼”不知何典，或许是雨果的杜撰。

致雅娜

你使这幽境更纯净。
这片森林远离曲径，
紫罗兰多得数不清，
仿佛表旌你的人品。

曙光像你一样年轻，
雅娜，上有九霄青青，
何物相邻最为动情？
善良的心陪伴美景！

这片山谷笑语声喧，
恭谨邀你同它同欢；
这是你头上的花冠，
这是献给你的乐园。

你周围一切都祈望
有幸得到你的青睐，
知道你的欢笑、歌唱
和胸怀都充满仁爱。

哦，雅娜！你如此温柔，
当你徜徉在这林间，

巢中小鸟纷纷伸头，
对你表示无限艳羡！

（李恒基　译）

流星

1

茫茫无际的昏黑天空
给谁掷下星星无数?
亮晶晶火雨降自苍穹，
不断地落…… 落入尘土!

落啊! 落啊! ——远去的亮，
纯洁的火，苍白的光，
闪闪烁烁，——哦，多么辉煌!
像一捧钻石从天而降!

这是经天游弋的火炬，
是宇宙原子散而又聚。
是霹雳击碎的祖母绿!
是闪电绽开的矢车菊!

是真是幻，真幻联袂，
夜夜驰过夏日的夜空!
是即现即隐红色光辉，
来自漫漫长夜的黑洞!

它们由谁手中逸出？
这一团团光的旋涡，
又要被谁抛向何处？
莫非抛向柏拉图心窝？

抛向维吉尔的赤胸？
抛向群山？抛向绿波？
抛向耶稣基督手中
以展示的光明天国？

抛向哪位未来的摩西[1]？
今日他虽尚是儿童，
他的心灵却已显示
他将成为天下英雄。

莫非这火星回应祈祷？
试问深邃莫测的神秘
给谁增添这点点火苗？
使他前额亮若微熹。

莫非这是茫茫蓝天
灼灼昭示上帝教导？
上帝使用火的语言，
为的是把福音强调？

---

① 摩西：以色列人的先知，曾率领沦为奴隶的以色列人走出埃及（事见《圣经·出埃及记》），此处泛指先知。

莫非这是夜的宝盒，
忽被打翻，珠玉散落？
于是洒下串串光泽，
在《圣经》的上面闪烁。

我们枉然提出疑问，
仰首问天，天却不语；
是祸是福，竟为何人，
从天际摇落下这光雨？

从层层苍穹生生撕下
这一道道迅坠的闪电；
多神秘！是搏斗的火花？
是拥抱所迸发的光焰？

是硫火中跃出的天使？
这蓝光幽幽的一团，
难道是一群强悍兵士
骑着火马逃离深渊？

难道这是灾难之神
萨巴奥特[①]出于激愤，
用星星当石头来扔，
追击敢违命的星辰？

① 萨巴奥特：希伯来语中神的称谓。

2

管它何用？反正现在
已是夏天，碧草如茵，
树影已经畅开胸怀，
歌声琅琅，繁花吐馨。

这游乐的大好季节
赐予我们绿草、碧水、
轻轻浮萍、稠密枝叶，
更有众鸟戏逐翻飞。

夏天战胜一场场暴雨，
又把金彩涂满天空；
光线在我们头上相聚，
草莓在我们脚下鲜红。

多好，夏天！和风拂面。
上帝但愿人间和谐：
为了微笑，他创造白天；
为了亲吻，他创造黑夜。

桤林下池水泛起轻波，
田野是一片金色旋涡，
穑月[①]掀起了一阵哆嗦，
从高高的麦株间驰过。

---

① 穑月：共和历的第十个月，相当于公历6月19日或20日至9月19日或20日。

这正是相爱的时刻，
应把爱情告诉森林；
什么是此刻最高选择？
曲径深处清新的树荫！

何必要把精神枉费，
瞎猜远在天边的事情？
来，把心灵交给玫瑰，
最好让它充实心灵。

把种种梦想都抛开，
因为如今已是夏天，
绿篱、河滩、脉脉情怀
都仿佛有万语千言。

情哥拉着情妹的手，
情妹的披肩滑到一旁，
半露酥胸跟哥哥走，
哥哥斗胆，不免孟浪。

你的脚在裙下移步，
雅娜，我总也看不够，
无心倾听万籁如诉，
在暮色中曼歌声幽。

不必害怕，我的美人，
向这缀满花朵的草地，

展示你的年轻，温文，
白净，说你来自巴黎！

田野对这销魂的初恋
多么亲切，多么温馨！
树笑了，它若有预见，
雅娜即将开口，说：“行！”

我们相爱吧！且不管
满天星斗变化万状！
林中空地夜色迷漫，
歌声在来回地飘荡。

颂歌悠悠拂过露珠，
万籁齐鸣，田园诗篇
无顾忌地脱鞋赤足，
把透明的脚伸进急湍。

黑夜在庆祝酒神节，
欢声笑语隐约可闻；
星月透过茂密枝叶，
投下淡淡的婆娑光痕。

小精灵们和一群雏燕，
在夜雾中忽隐忽现，
快乐的拍翅声在回旋，
出没在蓝色夜幕间。

天上的莺，水中的鱼，
轮番唱着动人的曲；
幽静的黑暗深深若虚，
在召唤生灵们前去。

孤独的生灵都喜爱
这样脉脉传情的抚摩，
所以，黄昏，枝叶摇摆
把西弗[1]向草地撒播。

爱尔菲[2]双手捧满花朵，
从长长的藤蔓上跌落，
蜿蜒的道路影影绰绰，
有苍白的月仙们出没。

水精吻遍凌波仙子，
荆棘从不禁一声扑哧，
它感到仙女们经过时，
步履压弯草茎的腰肢。

来，夜莺在等你歌唱，
在万物相亲的狂欢夜，
多一对恋人相依相傍，
岂会使乐园喜气收歇？

---

① 西弗：中世纪日耳曼和高卢神话中的空气精灵。

② 爱尔菲：北欧神话中象征空气、火、土等元素的精灵。

来，让纵情欢乐的麻雀
在染绿点翠的温巢中
见到你我的恩爱、喜悦，
也都不免羡慕、眼红。

让我们以绵绵情话，
来与沙沙的枝叶唱和；
以相亲相爱的对答，
使树快乐得像醉客。

让我们对神秘世界
宣告我们已经相爱！
伟岸的橡树孤傲耿介，
在山顶点头，表示应该。

哦，雅娜！正是为了尽欢，
为了快乐，为了歌唱，
为了爱情，这里的田园
才有如此绮丽的风光。

不用害怕，虽然梦想
已弥漫我热切的目光。
切莫担心眼睛撒谎，
因它是我灵魂之窗。

保持贞洁无须惊慌，
庄重也依然能迷人。
雅娜，太厚实的衣裳

误将浓情变为娇嗔。

何必惊恐？何足挂虑？
凭这天色半明半暗，
即使你穿薄纱裙裾，
也不必因透明难堪。

大自然既如此通情，
生活亦应无挂无碍！
在温柔乡涉猎务尽，
开怀大笑，大胆相爱。

来爱吧，把世事抛却，
让我们灵魂融为一体，
看一轮深沉的明月
已在林中枝头升起。

3

在星云下一对情侣，
满面红光，万千思绪……
无际苍穹还在继续
撒播亮晶晶的火雨。

来自高远无极的夜国，
划过轰隆有声的天空，
喜冲冲一团星星坠落，
化作尘埃，朝霞般通红；

这团自天而降的烈火，
烧穿并熏黑茫茫天顶，
像巨大的炭，火势霍霍，
青烟缭绕宇宙的巨鼎。

而这时，在下界，草地
在密密的森林中央，
在薄雾轻笼下战栗，
并敞开自己的胸膛，

把绿的海芋，红的石竹，
长春花、三色堇以及
明丽的百合付与露珠，
错落排开，这情状好比

在森林掩映下的大地
披着泪水浸泡的绿纱，
张开缀满鲜花的裙衣，
来把坠落的流星接纳。

（李恒基　译）

致他人篇

我的诗

我的诗！我得跟你说清：
他们要在林中灌醉你。
牧神藏匿了你的竖琴，
换支双簧管挂在那里。

快去吧。宴会已经开始，
贪嘴的鸟儿大嚼麦苗，
饮露的蜜蜂醉得半痴，
五月在花丛中哈哈笑。

带上你的两位老伙伴——
高卢精神和拉丁精神，
别以为一经芳草熏沾，
你的才情会有减无增。

要灵活，切忌有放无收，
进山谷务必喜地欢天，
不妨催维吉尔快快走，
谨防维庸[1]急着抢先。

---

① 维庸（1431—1463）：法国诗人，放浪形骸，因斗殴惹下命案，后又受盗案牵连，终被判绞刑。传世诗作有《遗产集》、《遗嘱集》、《绞刑犯的歌谣》等。在雨果心目中，维庸代表高卢精神，而维吉尔则代表拉丁精神。

你将痛饮满斟的酒，
潘已派好酒女侍候，
由拉封丹的雅娜执壶，
就是贺拉斯叫拉拉杰的美妞。

都在等你。花弯腰探头，
朝洪荒的洞穴里张望；
而西莱纳每喝一口酒，
都要看你是否到场。

（李恒基　译）

莉斯贝特

白天我总不苟言笑，
板起面孔像座峭壁，
行不逾矩，呆头傻脑，
言必有据，经典不离。

我自省，更自我剖析，
以昔尼克[①]苦心孤诣
造就完人的金科玉律，
逐条逐句对照自己。

我并不图愉快轻松，
大清早便惜阴如金，
从维吉尔的诗行中
看拉丁文里的风景。

拉克当斯、伊德丰斯[②]，
还有历代圣贤高士，

① 昔尼克（公元4—65）：罗马哲学家、修辞学家、道德学家，曾任尼禄的老师。后尼禄为暴君，不听其劝，反逼其自杀。昔尼克有《论宽容》、《论善行》等著作传世。

② 拉克当斯（260—325），伊德丰斯（607—667），均为基督教卫道士。原诗下面还提到圣当布洛瓦斯（340—397）和于斯特·利普斯（1547—1606），也都是基督教神学家和神父。

我研读得专心致志，
常常弄得莫衷一是。

我想我应读圣贤书。
正派人总要借鉴古训，
好比给心灵打开窗户，
让它领受古风染熏。

于是我向巅峰攀登，
那条路柏拉图熟悉。
我原本想效法神圣！
偏偏我的人性难移。

都只为在陋室一端，
壁纸虽廉，罗衾诱人，
我的灵魂于是搅乱，
我的傲气顿时消沉。

爱情夜夜在陋室称主，
滑腻缠绵如胶似漆，
莉斯贝特吹灭蜡烛，
我的理性随即昏迷。

（李恒基　译）

十女图[①]

比缪斯九神还多一位，
当她们十人凑到一起，
七嘴八舌，娇声喧豗，
林中响起喳喳叽叽。

简直像有一群仙女
嚷嚷着经过老橡树下，
朝林中幽深处走去，
橡树不语，叶垂枝压。

她们是十位城堡贵妇，
都在附近的地区居住。
蜂窝[②]使她们气息吞吐，
像一窝蜜蜂倾巢而出。

她们都是美丽的疯子，
是我巴结的十个魔鬼；
她们该受火刑给烧死，
如今却有光环的圣辉。

---

① 最初题为“艳妆”。

② 蜂窝是指一种作为领饰的花边，因其形状而得名。

多少人的魂被勾走，
连大老粗也都难免！
她们把裙子轻轻一抖，
展现出四道迷人裙边。

她们个个盛装如斯，
在树林中追逐不停，
虽然满地荆棘多刺，
却难不倒这群精灵。

哦！她们都是人间天仙！
我们解开她们发辫，
都不禁要浮想联翩：
裙衩因何如此招怜？

昔日维纳斯在水边，
没有衣裙撩人心田，
如今女子盛装斗妍，
裙下半露簇新鞋尖。

古代美女阿泰米斯[①]，
尽管容貌美艳俊俏，
却没有华服来修饰，
更不戴漂亮的手套。

---

① 阿泰米斯：希腊神话中宙斯的女儿。古代小亚细亚哈里卡纳斯王国的两位王后也叫阿泰米斯；尤其是阿泰米斯二世，她为其夫莫索雷建造的陵墓，是古代建筑杰作之一，19 世纪被考古学家发掘，其残圮被移至大英博物馆存展。

薄纱飘飘如梦似幻，
晶莹缎光在褶缝忽闪，
悦目的容颜一经装扮，
就更显得美轮美奂。

侯爵夫人端坐凤辇，
连粗汉都衷心叹赏；
若把美貌比作利箭，
华贵衣衫就是箭囊。

男子固然拘于礼仪，
身板发僵，头脑变傻，
上帝造就罢鲁钝男子，
又创造出讨俏娇娃。

哦！她们胜过剪径强贼！
这些妙龄娇俏的女郎，
这些袒胸露臂的花魁，
这些衣着华丽的姑娘！

谁最让人倾家荡产？
不惜靡费的盛妆少女！
若经夏布龙[①]精心装扮，
件件贵过玉衣金缕。

① 夏布龙以及下面提到的艾博，都是巴黎当时著名的女服时装店。

裙衫全都贵得要命，
女人本是一块衣料，
裁缝显示高超本领，
自有神仙暗中指教。

一针一线巧妙缝制，
针法不同款式不凡，
给女人增添异样风姿，
泛出鲜灵活泼风采。

一条丝带胜如铁枷，
一顶软帽暗藏杀机，
可惜上帝没给夏娃
戴上艾博牌的帽子。

否则该死的撒旦岂敢
贸然闯进伊甸乐园？
害得大自然春意迷乱，
每逢四月不免磕绊。

大树参天，枝叶合抱，
十位女子边走边唱；
谁不爱这锦衣十娇？
鲁男子也懂得欣赏。

比比看，她们谁最美？
她们的裙子都鲜艳，
都泛出耀眼的光辉，

仿佛来自遥远天边。

哦！为了赞美灼灼锦衣，
为了巴结盛妆佳丽，
竟梦想自己功名盖世，
愿像神父侍奉上帝。

待我们走出乡间树林，
步履蹒跚，都低着头，
像惨遭洗劫，我们的心
已被四十道裙边勾走。

（李恒基　译）

四月和爱情是亲兄弟

四月和爱情是亲兄弟，
合伙诱导我们的心；
我们本来就爱猎奇，
被它俩忽西忽东牵引。

爱情教我们朝三暮四，
四月教我们狂热疯癫，
它们像两名刑场祭司，
让我们领受温馨熬煎。

花团锦簇，芳草如茵，
喜洋洋，四月在歌唱，
它到格列特纳－格林[①]
增设爱神主婚的庙堂。

它用鲜嫩的树丛掩护
我们偷香窃玉的恶习，
它以细巧的手指剪除
我们心头的一切顾忌。

---

① 格列特纳－格林是苏格兰的村落。按照苏格兰当年习俗，人们在那里结婚可不必具备住房等条件，只要仪式有全体村民参加，婚姻即可成立。然而这一习俗已于 19 世纪中叶被废除。

它的体魄伟岸无比，
像巨人一样顶天立地；
开天辟地固然靠上帝，
也有四月的一份功绩。

一旦万物必须放光，
要为宇宙作出贡献，
四月凭它气宇轩昂，
让辉煌铺地又盖天。

露水显示四月的神秘，
多么精美！它的光辉
让坦荡神圣的大地
沁出珍珠般的汗水。

（李恒基　译）

昔日残影及其他

荒园橡树[①]

1

“不要为我悲哀，”树说道，
“确实，过去在我周围，
有雕栏玉砌的宫堡，
显示帝王家的声威。

“那些门楣何等气派！
上面刻着历代君王，
伟岸的战马奋蹄成排，
拖着战车奔突疆场。

“在暮色如潮的树下，
枝叶映掩间我曾见到
成群美女如云如霞，
精壮的男子个个英豪。

“还曾见到王后来寻芳，

① 这首长诗从雨果的手稿上看，多次撰写并修改于1859年至1865年之间。雨果在这首诗中，借橡树的自白，说出了他对17世纪古典主义时代的人文思想及后来历史变故的批判和思考。

也曾听到围猎的号角；
身为橡树，我曾风光，
像侍臣一样陪君欢笑。

“我曾见到帝后寝宫，
王储就在那里造就，
两位陛下袒肩露胸，
不知洛赞隐匿床后[①]。

“我亦阅尽贵胄百态，
当年我属皇家花园，
见到拉雪兹[②]进凡尔赛，
好似撒旦潜入伊甸。

“一道栅栏，一把铁锁
把我四面团团围住；
因为田野肮脏龌龊，
早被牛马糟践玷污。

“农耕本属下贱事务，
草菅芜杂，人所鄙夷，
一棵受到尊重的树

---

① 据《圣西门回忆录》载，德·洛赞公爵曾觊觎炮兵总教习职位，乃托路易十四情妇德·蒙泰斯潘侯爵夫人为他说情。但他怀疑侯爵夫人不肯帮忙，于是躲在路易十四床下偷听，果然偷听到侯爵夫人不仅没有为他美言，反而进了谗言。（见《圣西门回忆录》七星丛书版第七卷335—356页）。

② 拉雪兹神父是路易十四的忏悔师，据说国王1685年废除《南特敕令》是受了拉雪兹神父的怂恿。

应与草地保持距离。

“所以在我树荫下面，
只听得到高雅谈吐，
任凭村野俚语俗言
嘈杂于远处的大路。

“雅趣把我锁在禁苑，
这是所谓起码的规矩：
无论艺术还是自然，
雅俗之间相隔深渠。”

2

“当年那些英雄美人，
我都有幸拜识真相：
英雄未必剽悍勇猛，
功勋主要建树情场。

“红男绿女在此经过，
引发我的不平之鸣，
皆因我的枝叶也脆弱，
也容易失去往日平静。

“人人趋奉的名媛美眷，
在绿茵间搔首踯躅。
谁撇着嘴在冷眼旁观？

那是塔勒芒·戴·雷渥[①]。

“英雄被吹得神乎其神，
平日为人却谨小慎微，
原来所谓的勇敢名声，
都只为他立传树碑。

“遇到生死攸关的战争，
身为君王，岂冒不测?
总有诚惶诚恐的廷臣，
劝谏吾主暂避三舍：

“生死事小，国事至上，
一国之君，切忌莽撞，
临阵退缩倒也无妨，
届时条条理由都堂皇。”

3

“当年正逢太平盛世，
有位夫人手段高强，
最初嫁给一个瘸子，
尔后高攀，改嫁太阳。[②]

---

① 塔勒芒·戴·雷渥（1619—1690）：法国作家，其所著《故事集》于1834年出版，该书忠实地描绘了17世纪上层社会的生活风貌。

② 此处指路易十四（号称太阳王）与德·曼德侬夫人的婚姻。曼德侬夫人此前为喜剧诗人斯卡隆的妻子。斯卡隆身患残疾。

“我还见到御前文人，
顿足捶胸独行离群，
远避国王淘气的随从，
到草木间来偷诗韵。

“有一帮诗人高傲邋遢，
穿着时髦的灯笼短裤，
评诗说文，他们称霸，
唱着高调，神气十足。

“他们各享丰厚的酬金，
来给迪东·杜蒂埃捧场[1]，
迪东把诗坛做成糖饼，
他们给糖饼涂上釉光。

“他们个个呲歪着嘴巴，
吼出的声音特别洪亮，
那架势足以把人吓傻，
做出的诗句却太平常。

“在收容他们的马利园[2]，
他们失神地走来走去，

---

① 迪东·杜蒂埃：据说此人曾于路易十四治下建议建立纪念碑，以旌表当时文艺大家的贡献，并主张以高乃依、莫里哀、拉冈、色格雷、拉封丹、夏贝尔、拉辛、布瓦洛、吕利等九位作家、音乐家代替传统中的文艺九神。

② 马利园：在巴黎西郊外。1682年，为供凡尔赛所需，在马利建水渠，引赛纳河水至凡尔赛。路易十四时，在那里建造豪华行宫，有森林庄园占地两千多公顷。法国大革命时，行宫被毁。精美的白石池栏等遗物尚存，现移置于巴黎爱丽舍大街街口。

念念有词，瞪眼，握拳，
想从头发里拽出妙句。

“给跛足的拉伐莉埃[1]
他们奉送爱神圣殿[2]；
他们头上假发覆盖，
拽出来的都是谎言。”

4

“即使遇到大灾大难，
眼前依然光辉无比。
路易王如阳光灿烂，
路易王就是伟大上帝。

“包胥埃一向卑怯胆小，
拉辛以诗逢迎圣上，
只有高乃依头戴毡帽，
敢斜眼偷看高高庙堂。

“你们人类生来如此，
只要在你们头顶之上
有群贴金木雕的神祇，
天下便可太平顺昌。

① 拉伐莉埃（1644—1710）：路易十四宠姬。

② 原文为：“他们奉送塞浦路斯和帕福斯。”按：帕福斯为塞浦路斯岛西部的城市，那里有古希腊爱神的神庙。

“拉封丹献出寓言百篇，
忽然间犹如众星捧月，
宫廷侍臣谄笑胁肩，
心怀鬼胎的世袭公爵，

“巴维勒以及弗雷纽兹、
塔瓦纳等恶煞凶神[1]，
心肠歹毒的王孙公子，
阴险钻营的掌玺大臣，

“十恶不赦的卢夫瓦、
趋炎附势的夏米亚[2]，
全都笑嘻嘻围住他，
像毒蛇慑于蛇师魔法。”

5

“花园布置得冷峻壮阔，
从此杜绝生气和活泼，
每片草叶都计算精确，
像诗律一样不得擅越。

“草木不再杂乱无律，

① 巴维勒（1648—1724）：朗格道克总督，镇压新教徒极残忍。弗雷纽兹生平不详。

② 卢夫瓦（1641—1691）：路易十四的大臣，掌玺大臣勒泰里埃之子。十四岁便袭国防大臣职位。1689 年失宠。夏米亚（1652—1721）：法国财务总监，1701 年接任国防大臣，因无能受到弹劾而辞职。

经修削都错落有序，
勒诺特[1]创造梅花布局，
吕利制作出小步舞曲。

“修削成圆锥形的紫杉，
像穿翻领大氅的翁仲；
花朵卑谦地呈上笑颜，
树木摘帽在一旁鞠躬。

“为让一望无际的平川，
恭迎神圣辉煌的国君，
竟把可怜的橡树修圆，
整齐得像古体诗韵。

“森林被修剪得矮小，
像缩头缩脑的树丛，
它该长得多大多高，
得由巴丢神父[2]调控。”

6[3]

“帝王们高嚷道：砸吧，

① 勒诺特（1613—1700）：法国园林建筑师。他所设计的凡尔赛宫的园林布局成为欧洲国家竞相仿效的法式园林典型。

② 巴丢神父（1713—1780）：著有《美文教程》一书，为古典主义文学定下一些规范。雨果把古典主义比作皇家园林，同时他认为浪漫主义则像“新世界的原始森林”。

③ 本诗前五节，译者为李恒基，以下译者为谷未。

抢吧！这里抢砸成风。
祝颂之词在他们脚下，
像缪斯一样展露笑容。

“这位曲意承志的缪斯，
最拿手的是阿谀奉承，
哪怕芝麻般大的小事，
陌路人也给拉来帮衬。

“在缪斯聚居的神圣谷峪，
象牙门槛禁卫森严，
在阿波罗门口，却将荣誉
廉价出售，三钱不值两钱。

“卡尔文教徒被东追西逐，
在尘世间这苦难的穷途，
犹有我忧伤寥落的枝叶，
受到布瓦洛诗律的挤逼。

“在那臭名昭著的朝代，
曼德侬夫人笑开了怀。
她善于将养肤白如雪，
疑是圣灵之中的女杰。

“可是多么残忍的鸽子！
连她爷爷也战栗不已，
当南特敕令撤销，血滴
落在他的名字上，他的坟墓里。

“武功，爱情，灵魂，肉体，
一切都奉献给了先帝。
女人出卖她的媚姿，
法官昧心也在所不惜。

“布朗多姆描绘宫苑璀璨，
再现在圣西蒙公爵眼前。
在幽灵国王的后脑勺，
见恶魔忏悔师暗自窃笑。”

7

“这个时世实在不惬人意，
不是险恶，便是平淡无奇。
财货山积，衬得这些矮子
更加猥琐渺小无比。

“上世纪戴假发套成风，
这世纪流行涂脂抹粉。
香粉铺天盖地，飘扬
在没有面粉的良民头上。

“艺术也兴粉饰：这是时尚。
伏尔泰骨子里有欠高尚，
颂诗谀句，献给路易十五，
居然称誉皇家鹰扬威武。

“君主称制受尽笑骂，
思想统统给堵住嘴巴，
三条裙子俨乎一朝[①]，
驾临万物心高气傲。

“终有一天门会打开，
一切都会死去，大地未坏。
像个小偷偷偷溜去
这世道也顺着大势所趋。

“国王啦，喧腾啦，节会啦，
会都作罢只轻轻一抹。
这时有三只两只苍蝇，
在我头顶上盘旋飞行。”

8

“我感到满意，能够重新回到
那位妒忌上帝的荫庇下
不再寄身宫苑，把根植在山坳，
不与王公为伴，乐与豺狼戏耍。

“我又变成老橡树一棵，
生长在温暖的南方，
伸展着大胆的枝柯，

① 史称路易十五酷爱狩猎，追逐美妇，朝政先后受夏多罗夫人、蓬帕杜夫人和杜巴里夫人左右。

经受八九年[1]雨骤风狂。

“特丽亚侬[2]老得霉味十足，
我在自然的交响是复苏，
世人觉得冷落的地方，
我自慰能散逸疏放。

“堂堂皇后两只肩膀高，
短命太子却一只脚跷；
我更喜欢乡巴佬壮汉，
穿上木鞋奔跳得特欢。

“回忆录作家唐若曾献媚
娇滴滴的蕾奥诺两姐妹；
我更喜欢脸膛红红的阿乡，
左亲右亲亲得两颊啪啪响！

“我喜欢野外的气流，
森林和田野，躲藏的野兽，
神圣的惊恐，才不屑
俯看杜巴里夫人的软鞋。

“把一切奴役都挣脱，
各种耻辱已蒙受太多！
性喜漫山遍地的野花，

---

① 指1789年的法国大革命。

② 特丽亚侬系凡尔赛宫内的城堡。

才不看重俯首听命的才华。

“人都是遗存的废墟，
哦，春天是如此美丽，
我觉得带刺的骄傲，
远胜于恬不知耻的自豪。

“正当与诗人蒲弗莱闲聊，
却失欢于元帅罗克劳；
我曾多少次看到晨曦，
在明亮的深处升起。

“我失却了教廷大使，
失却了官场和唐打区[①]，
但我枝干始终挺拔上举，
深深钻进凌空的天宇。

“搬离了隐深的庭院，
来与田舍郎相邻为伍，
赛丽曼娜惜售心禽，
农妇黛妮丝倒肯赠助。

“不再有阻隔的壕沟，
在我的草坪上，在我的树脚旁，
苏菘捧着桃子咬了一大口，
马多林却一口咬在她胖脸上。

① 唐打区系巴黎贵族聚居之地。

“独自个儿也好喜欢，
作个活生生的见证，
看到风儿闯进浓荫的围栏，
东游西荡随意纵横。

“在这无穷的苍穹下，
没有什么更能装点此风景，
像一个淳朴聪敏的姑娘家，
在树下轻轻叹息惆怅莫名。

“姑娘家头簪岸边的鲜花，
忽来佳兴把话匣子打开；
听到童贞女在绿树荫下，
把桩桩新鲜事表说精彩。

“我看到发芽和抽引，
看到小鸟睁开眼来的雀巢，
看到对神秘的婚姻
日思夜想梦魂颠倒。

“我瞅见众多交媾成亲，
在暗沟、树后、荒郊，
一种伟大而神圣的恋情，
对羞耻与忸怩实行强暴。

“我目睹这些甜蜜的亲吻，
倏忽之间就飞快逃离。

波浪在波纹里留下了深心，
清风徐徐送来情人的好意。

“这种喜悦无上神圣，
是天地造化的厚赐。
以为已结束，生命才起程，
人固然自由，却又受限制。

“雨水好比园丁灌溉，
风暴为我芟除枝条；
我在上帝下面长大成材，
用我树冠轻拂天宇缥缈。

“寒冬哪有露水润湿？
待鲜丽缤纷的四月回还，
便感到春天柔软快适，
压着我的轻睡薄眠。

“自由中深感轻压的温存。
我也有自己的一份开阔：
舒枝展叶匀称圆浑，
那就是自由的优渥。

“在阳光灿烂的天空下，
树木对于围笼的栅篱，
百姓对于当朝的陛下，
应该取得自己的权利。

“上帝，请用拇指轻按
地球这硕大的花蕾，
让伊甸园重现人间，
清新、温馨而又芳菲。

“不再承认国王。神明渗透了我。
因为，这点尤须记取，为了
感到真正的主人就是自家我，
别让假的再来居功自傲。

“是他，唯一的圣父，
使天地万物常青常新，
‘希望吧，’他还嘱咐，
‘一切影子都能暂存不泯。’

“再也不分等级。蚯蚓过来碰我，
海索草也喜欢我的脚趾，
我跟缭绕的飞虫同伙，
因为跟高高的太阳同一。

“再见吧，缤纷的焰火，
以及各种各样的照明，
这一切全都可以抹没，
我要到别处去寻找光明。

“诸多庄严的天神，
从前曾把天空遮蔽，
借玫瑰色的氤氲，

起用骑士代替天帝。

“林中的隙地满是亮光，
缕缕光线都恁地刺眼，
突然照射到那麋鹿身上，
吓得它钻进树荫站立察看。

“天宇是那么静谧而辽阔，
极目望去不见一点云翳，
因为迸射的强光逼迫
星星无法遁形在树影里。

“孟加拉湾的灯火中，
有一道照亮树林的光，
这光敢于傲视群雄，
因为非村民的灶火所可攀仰。

“我们是橡树、榆树和山杨，
在集散地上被加土处理，
潇洒的汉子像鞭炮一样，
依然我行我素袒胸露臂。

“森林经过火烧和风吹，
好像扩大了地面，
浮光耀金的余晖，
有着红蓝宝石的光焰。

“这些光焰，或许与

火刑台上的火把同类，
这些光焰，用来献予
俊美傲慢的公侯等辈。

“千千万万的玻璃珠儿，
在活泼的空气中闪闪发光，
把宝石撒向天际，
把油脂泼到地上。

“荣耀像孔雀开屏一样，
展现在太空显扬王权，
只要受到一点儿惊惶，
立时就把颜色儿改变。

“今天，已是另一个时代，
火炬也已变换了面孔，
没别的亮光照明不才，
除了穷人晴朗的天空。

“浓密的枝叶昏蒙阴暗，
千百个圆斑光亮闪耀，
喜迎繁星满天的夜晚，
星辰也是太阳的臣僚。

“无数不知名的星辰，
在我葳蕤的树端越过，
太空中的长跑冠军，
欢迎你们常来巡逻。

“不稀罕琉璃罐里幻出的
种种光怪陆离的景象，
我满足于脚边的洼地，
以及头上的繁星闪亮。

“我放下架子，自然界里
万丈光芒，万物滋长，
引我俯察广袤的大地，
与昊天同享其辉煌。

“然而，从麦捆到草垛，
从地上的圣人到天上的神祇，
劫后究竟能留下几多？
除非一点烧剩的稿纸！

“在围着树篱的农家院落，
萤火虫亮闪闪一点点，
有从风而伏的烛火，
有暖人心意的光焰。

“旧时的荣华已萧飒，
紫杉俨如庄重的间谍，
烟火上蹿高若殿下，
小油灯可比乡绅老爷。

“这美丽的世界笑我
已辉光黯淡，还趾高气扬；

对此一笑置之的我，
愿与夜晚的星辰同亮。”

（李恒基　谷未　译）

信

我失眠了。这是想你的缘故。
我梦见，在高山的极顶，
我俩肩并肩地散着步，
你唱着歌，你爱我以一片柔情。

我十九年的人生征途
是我带着微颤献给你的韶华；
在清凉而幽暗的密林深处，
你是那么美，我是那么傻。

我沉醉于狂热中，
在我浮想联翩的脑海里，
我目送黎明、美梦与清风
那柔软的飘带纷纷飞逝。

我眼花缭乱，漂亮而骄傲；
我看见火红的花园，
草中的鲜花，空中的鸟巢，
上帝伴着无边的闪电。

在双鬓，我的血低声
吟起我听得入神的歌词；

繁星是我的明灯，
我是华盖下的大天使。

因为青春令人赞美，
欢乐充满我们大胆的欲望；
女子这神奇的魔鬼
总在逗弄这天堂。

她这天使与暴君抓起
她完成的果子往嘴里咬；
世人唤做夏娃的苹果的东西
正是亚当的心，啊，阴沉的重霄！

我整夜心潮起伏，辗转难眠，
我在睡梦中也将你怀想；
你口中吐出的“爱”这个字眼
闪耀出朦胧的火光。

你那好像远眺中的波浪
一样的胸脯在我的眼里
犹如袒露的梦乡，
犹如星辰穿上胸衣。

我看见你的罗裙，
你雪白的皮肤，你的美貌；
那纠缠不清的梦魂
直到黎明依然将我煎熬。

你有令人入迷的姿态，
你抛弃我，你欺骗我；
你改变你的爱，
比受到诽谤的老虎更凶恶。

我们的灵魂各奔前程，
我对忍受痛苦感到厌倦；
从云端里，我听到你的笑声，
唉，我挣扎在死亡的边缘！

我醒来，我的出路
就是再也不将你怀念，
啊，夫人，就是堵住
那甜蜜然而险恶的梦幻的源泉。

而今，冷静后，
为了忘却我对你的渴望，
我将我的顶楼
所挂的一幅威尼斯风景画久久端详。

那是一轮微带虫蛀的痕迹
但依然容光焕发的太阳
所照耀的笼罩在往昔
绿荫如盖大树下古老的风光。

风景画上，仕女如云，
满目往日所有冷酷无情
但却令人迷惑的美人

那陈旧而变得模糊的笑影。

岁月没有抹去她们，
只是向花丛中与阳光下
那略微下垂的长裙
蒙上一层暗淡的轻纱。

一条船远去了。它运送
一群人，传出古琴的乐音；
飘着浮云的天空
映衬着枝丛的绿荫。

地上，为灵感所钟情的牧人，
只剩下一张皮包着瘦骨，
正透过与百鸟齐飞的青云
遥望那虚无缥缈的事物。

1859年9月18日

（张秋红　译）

播种时节的黄昏

黄昏时分已经来到。
我独坐在园门下赞赏
夕阳的余晖正照耀
田间劳动最后的时光。

在笼罩着暮色的原野里，
有位衣衫褴褛的老人
正将丰收的希望撒向田地，
我翘首凝眸，心潮翻腾。

他那雄伟而朦胧的身影，
在广阔的田野上巍然耸立。
对于飞逝的宝贵的光阴，
我料想他该是多么珍惜。

他在无际的原野上奔走，
跑来跑去，向远处撒着种子，
他不断地挥舞着巨手，
让我这无声的见证坠入沉思。

黑夜将帷幕渐渐展开，
又向四处发出一片虫声，

仿佛让播种人那庄严的姿态
越来越高大，直到天上的星辰。

1865 年 9 月 23 日
于拉罗什与罗什福尔之间

（张秋红　译）

啊！欢乐而可爱的飞鸟

啊！欢乐而可爱的飞鸟！
它们在偷吃庄稼！它们在东夺西抢！
随风四处漫游的这伙小强盗
正飞向什么地方？

它们正飞向晴朗的蓝天，
它们笑语喧哗，一片欢腾，
它们让天真烂漫的大自然
永远洋溢着笑声。

它们正飞向树林，飞向田野，
飞向我们充满幻想的家，
它们叫声不断，歌声不绝，
像梦一般飘向天涯。

由于接近富于生命的上帝
与鲜艳而美妙的晨曦，
这些随风漂泊的快活的游子
仅仅收集到一点儿地衣。

它们将整个世界尽收眼底。
为了这些纯洁而柔弱的生命，

上帝让神秘的胜利
伴随双翼的轻盈。

它们可碰上繁星？没有。
但它们却一直飞入青云里。
扑向那耽于沉思的朋友，
它们又狂热又亲密。

它们的整个舞姿是那么优美，
它们的整个生活是那么欢畅；
每当依稀看到它们展翅高飞，
无际的绿荫就心花怒放。

百鸟的翱翔不如普赛克[①]那么高。
这是青云中的陶醉。
维纳斯女神仿佛让百鸟
摆脱了她的腰带的包围。

百鸟栖息于朦胧间，
它们微妙的规律就是欢乐。
圣殿才是真正的爱的源泉，
轻浮的爱正来自安乐窝。

百鸟躲向无穷的宇宙，
宛如一阵琴音消失了影踪。
它们用尾巴表示没有，

① 普赛克：希腊神话中以少女形象出现的人类灵魂的化身。

好像让娜[1]用她的笑容。

它们需要什么？一棵木犀草，
一株爱神木，一所幽居，一片阴影。
你将寻找芳谢特，啊，飞鸟；
你将渴望韦莱达[2]，啊，心灵。

蜂鸟，和伊蒂里埃尔[3]相似，
属于蔚蓝的重霄。
天使出自天国的都市，
百鸟却出自城郊。

1859 年 8 月 16 日

（张秋红　译）

---

① 让娜：雨果的孙女。

② 韦莱达：德国女先知。

③ 伊蒂里埃尔：系拉马丁在《新沉思集》中替卫护克洛维斯的大天使所起的名字。

朝阳下的凹室

这简陋的房间好像露出笑影，
陈旧的衣橱上点缀着一束鲜花；
这室内会让神父维护肃静，
会让主妇制止喧哗。

凹室藏在深处。
空无一人。没人进去也没人出来。
啊，神秘的监督！
黎明在凝视：那儿睡着一个小孩。

在那昏暗的角落里，一个女婴
正安眠在白色的摇篮中，
在黑暗里，她的心
似乎怀着某种信任与惊恐。

她那平静的小手
紧抱着低头沉思的银铃；
无邪的天真让荣誉在天国不朽，
让玩具在人间留下永恒的声音。

她睡得多么香甜！她不知道
善恶、观念与感情。

她的美梦就是那条
只有天使来往的曙光的幽径。

她那纯洁而可爱的手臂
不曾微颤，只是不时地移动；
她那轻柔的呼吸
宛如苍蝇飞向天空。

黎明的目光将她遮掩，
再没有什么像这上帝
向着婴儿闭合的双眼
张开的眼睛这么庄严而扬扬得意。

1859 年 7 月 3 日

（张秋红　译）

叶丛中的喜剧[1]

在那破败不堪但风韵犹存、
古老而又冷落的公园深处，
当月亮这默默无言的天灯
从断垣残壁间点起明烛，

自由的麻雀，不受任何拘束，
筑起它那门窗洞开的大顶楼，
在四月刚刚又给披上绿装的橡树
那六层楼般的梢头。

壮起胆子的垂柳，
在一片芬芳的绿茵上哀号，
而几步之外的顶楼上，
那淘气鬼却正在哈哈大笑。

这泪流满面的垂柳弯下细腰，
它脚下的小湖
将它所有的枝条
照得清清楚楚。

① 又题为："这个哭个不休，那个笑个不停；大自然的哲理"。

正当探望它那被清曙
染成金黄色的巢中的淘气鬼的时候，
麻雀却嘲笑这柳树，
逗弄这忧伤的善良而老的湖畔派歌手。

它向它所看到的在绿叶间
跳跃的所有雌鸟叫嚷：
“小姐们哪，快来看！
这柳树竟哭起这池塘。”

它突然带着一片喧哗
扑向它敢于攻击的小湖：
“这水潭莫不是傻瓜！
它只会不断地重复。

“池塘啊，你总是老一套。
你将你的柳树反反复复地讲。
够了，请稍微改一改你的腔调。
这些老枝条真是又细又长。

“你的农事诗可并不好笑。
你借口是面明镜，
每天早晨向我们提起柳条，
每天黄昏又为我们映出它的倒影！

“这已司空见惯，可真叫我厌烦。
我宁愿你不再开口。
你的好柳树是个天真汉，

所有的柳树都是些老学究。

“我从这里看见鳟鱼打起哈欠。
池塘啊，这令人伤心，我怨恨
你将头发弄得如此蓬乱，
竟是为了一个秃了顶的老人。

“请为我们打破常规！
要模仿，但要自然。
我是姑娘，请配上玫瑰；
我是蠢驴，请配上飞帘。

“请拿出主见，想想黄菖蒲，
想想雄姿英发的蓝色的睡莲！
哎呀！农牧神向你的水神献出
一个孩子的时刻已在眼前。”

接着，它对朱顶雀讲话：
“你瞧，这柳树，在这美丽的地方，
竟只能如实描画
善良的上帝旁边的魔鬼的形象。

“从这里就产生了它的哀伤。
一切都可能是痛苦，啊，娼妓；
鸟是人捕捉的对象，
人又是命运打击的靶子。

“但是，什么也不嫉妒，

我宁可在树丛间游荡，
真见鬼，尽将泪水向木桶倾注，
这样过一辈子有什么名堂！”

柳树显出阴郁的表情，
犹如绞刑架一般悲痛，
沉默不语，而大自然母亲
却在暗处露出笑容。

面对这百鸟中的德谟克利特[①]，
越过古老的大理石雕，越过林荫道，
越过黄杨，越过小河，
向这树木中的赫拉克利特[②]发出的嘲笑。

1859年6月18日

（张秋红　译）

① 德谟克利特（约前460—前370）：古希腊唯物主义哲学家，与留基伯并称为原子说的创始人。

② 赫拉克利特（约前540—约前480与470之间）：古希腊唯物主义哲学家，爱非斯学派的创造人。

六千年来

六千年来，爱争吵的民族
总喜欢战争，
上帝白费了工夫
去创造鲜花，创造星辰。

无边无际的天空、
纯洁的百合与金色的鸟巢的规劝
从惊慌失措的人类的心中
丝毫也赶不走精神的错乱。

杀人如麻，凯歌阵阵，
这就是我们伟大的爱情；
愤怒的人群
竟将战鼓当成银铃。

驾驭着空想的光荣，
将所有可怜的妈妈
与所有幼小的儿童
压在它那凯旋的战车下。

我们的幸福如此残暴，
它意味着：前进！走向死亡！
它意味着：一看见军号，

我们就垂涎三丈。

钢刀在闪光，露营地冒着硝烟；
我们面色苍白，大发雷霆；
大炮的火焰
照亮阴暗的心灵。

这一切为的是让那些殿下大人
互相客气地寒暄，
啊，刚被埋葬的人们，
当你们的尸体渐渐腐烂，

当荒原充满了痛苦，
那些可怕的猛禽与野兽，
纷纷来看你们的白骨
是否还剩下了肉！

竟没有人能容忍
别人在旁边生活；
有人利用我们的愚蠢
煽动着怒火。

一个俄国人！快割他的喉管，将他打死。
一个克罗地亚人！快连续向他开枪。
这干得有理。为什么这小子
穿上白色的衣裳？

这家伙，我要了他的命，
丢开不管，心地坦然，

既然他犯下这个罪行：
生在莱茵河的右岸。

罗斯巴赫[①]，滑铁卢！报仇雪耻！
人们因恐怖的呼声而陶醉，
再没有别的聪明才智，
除了屠杀，除了蒙昧。

人们原可以畅饮清泉，
跪在阴暗处祈祷，
在橡树下谈情说爱，浮想联翩；
但杀死兄弟竟来得更美好。

人们互相攻击，互相摧残，
人们越过溪谷与山峰，
恐怖紧握着双拳，
死死抓住马鬃。

远处的原野上出现了曙光！
啊！我真是惊讶万分：
云雀已纵情歌唱，
人们竟会满怀着仇恨。

1859年7月2日

（张秋红　译）

① 罗斯巴赫：德意志萨克查乡村。1757年11月5日，弗里德里希二世曾于此战胜法军。

北风对我呼喊

北风对我呼喊：“滚蛋，
现在该由我来歌唱。”
我的歌心惊又胆战，
当然不敢有所违抗。

面对风神狂号怒吼，
我的歌真狼狈不堪，
慌慌张张，吓得发抖，
听任这个泼妇[1]驱散。

雨在下，处处把我赶，
语调或凶狠，或温柔。
好，戏既然已经演完，
燕子们，让我们就走。

冰雹挟着大风，树冠
扭动着瘦削的光手；
远处，空中又灰又暗，
一缕白烟轻轻在溜。

---

① “北风”在法语中是阴性名词，故称“泼妇”。

层层又叠叠的寒山，
被薄光染成了浅黄。
冷风从我门缝里灌，
嗖嗖吹到我的手上。

1865年10月3日

（程曾厚　译）

燕子已经远走高飞

燕子已经远走高飞。
那株草在屋顶上冻得发抖，
荨麻丛上，寒雨霏霏。
好伐木工啊，请砍些木头。

燕子已经远走高飞。
北风多凛冽，家里多温暖。
荨麻丛上，寒雨霏霏。
好烧炭工啊，请烧些木炭。

燕子已经远走高飞。
夏天逃之夭夭，茫无踪影；
荨麻丛上，寒雨霏霏。
好捆柴工啊，请扎些束薪。

燕子已经远走高飞。
早安啊，冬日！晚安啊，蓝天！
荨麻丛上，寒雨霏霏。
垂死的人们啊，请燃起火焰。

燕子已经远走高飞。
黑夜结满霜，白昼朔风紧。

荨麻丛上，寒雨霏霏。

活着的人们啊，请涌起爱情。

1853 年 9 月 27 日

（张秋红　译）

歌

“为什么他们走向草地？”
美人们说，“那是为了我们。”
那些杜华内特，那些玛丽，
约我们上那儿去共度良辰。

“为什么他们往草地飞跑？”
美人们说，“那是为了我们。”
繁花似锦的迷人的芳草
可不是为了狼而发出清芬。

“为什么他们奔向草原？”
美人们说，“那是为了我们。”
仗着她们的娇艳
勾住我们大伙儿的心神。

“为什么他们走向草地？”
美人们说，“那是为了我们。”
那些杜华内特，那些玛丽，
脖子上挂着我们的灵魂。

“为什么他们奔向草原？”
美人们说，“那是为了我们。”

那些杜华内特受过锻炼，
善于同柔情的怒火作斗争。

“为什么他们往草地飞跑？”
美人们说，“那是为了我们。”
我们为那些玛丽的睫毛
比为冬青的绿叶更骄傲万分。

“为什么他们奔向牧场？”
美人们说，“那是为了我们。”
她们的随心所欲、反复无常
使我们的驯服留下斑斑伤痕。

“为什么他们走向草地？”
美人们说，“那是为了我们。”
一旦稍不称心如意，
她们就从麻雀变成猫头鹰。

“为什么他们往草地走去？”
美人们说，“那是为了我们。”
我们惊愕而可怜的歌曲，
于是哭哭啼啼，躲入泥坑。

“为什么他们奔向草原？”
美人们说，“那是为了我们。”
每当耕牛将红棕色的鼻尖
转向分成制租田的黄昏。

“为什么他们走向牧场？”
美人们说，“那是为了我们。”
在我们狂热崇拜的地方，
我们将五体投地，随梦飞腾。

“为什么他们走向绿茵？”
美人们说，“那是为了我们。”
这些飞向首饰的心，
这些故态复萌的美人。

“为什么他们往草原上跑？”
美人们说，“那是为了我们。”
将一切都搞得乱七八糟，
她们竟朝着羊棚飞奔。

“为什么他们走向草原？”
美人们说，“那是为了我们。”
将我们的笼头牵向黑暗，
她们丢下我们枯萎的灵魂。

“为什么他们走向绿茵？”
美人们说，“那是为了我们。”
但我们会让你们青春的心
变得嫉妒，啊，亲爱的美人。

“为什么他们往草地上走？”
美人们说，“那是为了我们。”
你们可知道，对手

正是孤独寂寞的苦闷?

“为什么他们走向草地?”
美人们说,“那是为了我们。”
比起你们的心,啊,杜华农与玛丽,
我们对碎石会爱得更深。

“为什么他们奔向牧场?”
美人们说,“那是为了我们。”
当你们使我们变得疯狂,
清泉因同情在暗处热泪滚滚。

“为什么他们走向绿茵?”
美人们说,“那是为了我们。”
为天空所哺育的黄莺
将幻想家当成爱人。

“为什么他们奔向牧场?”
美人们说,“那是为了我们。”
沉思中的鲜花的目光
对诗人显得格外温存。

1854 年 9 月 7 日

(张秋红　译)

致一个没有意识到自己是位美人的灵魂

请不要化为星辰，
假如你要透过面纱将我们
忧愁而疲倦的眼睛照耀，
假如你这阴沉的天空中的百合，
你这光明之花，要在我们的黑暗中闪烁，
请意识到我们对你的爱慕是多么好！

假如你要化为光环，
假如你这星辰与花冠
要在大家的上空闪耀，为大家发出光辉，
使上帝倾倒，证明上帝胜过神父，
并从满天阴云中显露，
请意识到我们对你的崇拜是多么美！

假如你这天使，你这柴束，你这火星，
要化成闪闪发光的神灵，
这神灵一允诺就带来一片晨曦，
这神灵一离开就留下一片黑暗，
假如你喜欢让人眼花缭乱，
请意识到我们因你而入迷是多么有意义。

我们爱你，那是你的责任。
当占星家与牧人
转向那充满神秘的光明、
崇高而又贞洁的天空，
我们所热爱的这一角苍穹
只该埋怨自己的眼睛。

假如你要发出激情，
请意识到可怜的心灵
发狂地向你飞奔是多么值得骄傲；
将我们熔化的情火，令人如醉如痴；
因为在曙光的燃烧中消逝，
在光明中永生，那是多么美妙！

1859 年 6 月 9 日于萨克

（张秋红　译）

春

这是青春，这是朝霞。
我含羞的美人啊，请看
到处是明珠：在玫瑰花
与百里香丛，在你的唇间。

无穷的宇宙毫无可怕之处，
天空向茅屋露出笑影：
大地显得如此幸福，
对光明充满了信心。

当黄昏降临，暮色深沉，
鲜花在枝丛下安睡；
这些娇小的灵魂，
向洁白的幽居深处纷飞。

它们酣然入梦，全不顾
又黑又冷的深夜，
整个这只看见露珠
并闪闪发光的鲜花的世界。

梁料木，石竹，素馨，
四月给披上金装的浅红色的三叶草，

都显得如此安宁，因为它们深信
曙光将准时来到。

1859 年 7 月 18 日

（张秋红　译）

祖孙乐

李恒基　余中先
张秋红　程曾厚　译

根昔[1]篇

满意的逐客

孤独！幽静！哦，我多么向往荒凉。
那里灵魂得安宁，心情更舒畅。
恰如探子踏勘冥冥世界的深浅，
我到密林中去寻问茫茫的惊险。
枝叶交缠，野林稠密，幽深如许，
我感到一种隐约的喜悦和恐惧；
像走进坟墓一样，我百念俱消，
但是生命之火依然在熊熊燃烧。
在遮蔽天日的这神圣墓石之下，
我仍能像独立于长风中的火把。
既然我早已探测过职责的深渊，
任什么再也无法打消此心拳拳。
高瞻者看得清，远望者看得准，
良心深知自己在向高处攀登，
而且可以得到升华，更显辉煌，
这并非远隔尘寰，让世人遗忘。
所以我走向荒凉，但并非遁世。

---

① 根昔岛：位于英吉利海峡，属英国。1855 年起，流放中的雨果居住于此。这组诗其实并不都作于根昔岛。例如第一篇《满意的逐客》就作于 1872 年，其时他已回国。

倘若有谁独自来这里冥想苦思，
或漫步于幽林，或静坐于悬崖，
凝望苍茫暮色浩渺，无际无涯，
你岂能说他独善其身与世隔绝？
经历过繁杂世事，你岂不感觉
亟需暂避嘈杂，躲进幽静山林？
既受过多次欺骗，你的求真之心
能不更加强烈，能不更加渴望
真理、和平、公道、理性终放光芒？

我的全部思念牵挂着远方弟兄，
如今我只遥望和推测命运吉凶。
有待充实的人类心灵需要滋润，
我把悲悯的圣水洒向天下世人；
我每每把壶倒空，又把它灌满，
栖身幽境，我暂且以密林为伴。

哦！我曾与贫贱大众如此贴近，
他们呼号、斗争，敢与权威相拼，
一次次内乱使懦夫变成伟人，
多少法官横行不法理应受审，
多少神父口是心非玷辱上帝，
多少丑恶夹杂在美好事物里，
善中有恶，真中有伪，莫辨鱼龙，
毫无价值的人倒成凯旋英雄，
多少次我见到厮咬、逃跑、屈服，
如今我已是老弱的败兵残卒，
只梦想找一方净土安度时光，

抚着遍体创伤，把万事细思量；
即使福从天降，让我重回城里，
还我光荣、青春、爱情、力量、胜利，
我都不知道应不应该接受，
因我仍觉得蛰居山林最优。

（李恒基　译）

何谓人世间？

何谓人世间？让灵魂经受风雨。
我们是漂泊的船夫，摸黑苦旅；
处处暗礁，我们却误以为港湾。
呼号，欲望，冲动，爱情，痛苦，心愿，
像扑面袭来的暴雨，使人迷茫；
这一切其实犹如妓女的迷魂汤，
我们却称之为幸福，抱负，成功；
约伯痛苦说道：“我什么都不懂！”
帕斯卡尔[①]颤声说：“我竟何所思？”
教主、皇帝、君王谁不残暴专制？
造就他们的是地狱里的撒旦；
更有命运日夜在转动着绞盘，
绞盘下涌出源源不绝的苦难，
哲学家们谁不吓得声噤心颤？
面对虚妄的断咬，混乱的谎言，
人类毕竟还能够清楚地看见：
除却丧乱、堕落蹂躏人间之外，
还有更权威的东西不失清白。
既然人的良心，人的精神尚存，
尽管往昔黑暗，明天仍然混沌，

① 帕斯卡尔（1623—1662）：法国哲学家。有《思想录》传世。

仇恨、冲突、恶战频仍，岁岁年年
像缠住我们前进的条条锁链，
最优秀的人也难免留有悔恨，
从哭泣的九天更有狂风阵阵
吹落人间，掀起无穷无尽波澜，
繁杂世事黑压压如枝蔓纠缠，
既如此，何不把苦难全都看穿？
不让烦忧的幕帘把目光遮断，
看到帘后有无限祥和的景象，
碧空缀满星星，在悄悄地闪亮；
所以上帝把诗人安置摇篮旁，
看婴儿们香甜地沉睡在梦乡。

（李恒基 译）

让娜登场

让娜说话，连她自己都听不懂。
她向咆哮的海面，回响的林中，
向浮云、百花、鸟巢和碧空青天，
向辽阔自然，不停地呢呢喃喃。
这也许是一席有深意的演讲，
最后一笑，流露出心灵和梦想；
慈祥的老祖父——上帝惊喜不已，
倾听她含混不清的喋喋细语。

（李恒基　译）

胜利者被征服[①]

我在面临冲突和愤怒的时候，
敢向皇帝宣战，堪称骁勇善斗；
邪恶的势力无论有多么强大，
哪怕百万大军势如潮涌浪塌，
呼啸着朝我扑来，我也不后退；
巨浪塌落深渊，訇然向我逞威，
面对汹涌洪涛，我无畏地迎战，
任凭风浪肆虐，搅得天昏地暗，
我像中流砥柱，敢顶恶浪浊流；
黑云压顶，阴风怒号，我不低头，
阴曹地府，滔滔冥河，我敢探测，
不像有人见到黑洞不禁缩瑟；
当骄横的暴君们朝我们头上
击打罪恶雷电，肆意逞露凶狂，
我就用无情的诗句回敬他们；
我把天下君王和他们的大臣，
把这些冒牌神仙和虚伪戒律，
把与断头台牵连的金銮玉舆，
把谬误，枉法的剑，至高的权杖，

① 原文为拉丁文，意谓“胜利者，但又是被征服者”。这里雨果套用了一句拉丁成语：“Leo victor victus leoena”（“得胜的雄狮被母狮征服”）。

一股脑儿拖进深渊彻底埋葬；
面对专制帝王，面对公侯贵族，
我有胆量把他们都视为粪土，
对天上称帝、人间称王的权威，
对受人膜拜、招惹毒恨的显贵，
四十年来我敢对他们骄纵无忌，
如今却对蕞尔小儿百顺百依。

（李恒基　译）

乔治与让娜

我呀，一个小孩就使我完全神魂颠倒，
我竟有两个：乔治与让娜。我把一个当作向导，
把另一个当作光明，一听见哭声我就连奔带跃，
因为乔治刚满两岁，让娜只有十个月。
他们生存的尝试显得那么笨手笨脚；
看着他们那微微颤动的语言的幼苗，
我仿佛望见一角青天在飞逝，在消散；
我目送着每个黄昏，我目送着每个夜晚，
我黯淡而冷酷的命运失去了光芒，
我激动地喃喃自语："他们就是曙光。"
他们那难懂的对话为我打开了眼界；
他们交流着理性的启示，互相领会，彼此了解，
你可清楚这一切使我怎样地浮想联翩！
在我的心灵深处，愿望，计划，荒诞的观念，
聪明的主意，都随着他们温柔的眼神
纷纷降临，我成了一个耽于幻想的老人。
我再也感觉不到引诱我们邪恶
与驱使我们的命运那神秘而隐约的恫吓。
摇晃着学步的孩子是我们最好的支柱。
我凝视着他们，我听见他们的欢呼，
我感到欣慰，我的心因他们而归于平静；
我接受了清白无辜的人那神圣的决定，

我有生以来一直如此；每当面临
升起朴素的火焰的纯洁的生命，
在痛苦中犹如在顶峰，我从来不知道
还有什么比占据我们心灵的遗忘更美好；
在我们往往阴郁而黯淡无光的时代里，
我久久凝望这来自摇篮与安乐窝的晨曦。
每天黄昏，我去看他们入睡。从平静的表情，
我在眼花缭乱中辨认出棕榈树的阴影，
当升起时刻的繁星发出一片光芒，
我喃喃自语："他们在梦中会将什么怀想？"
乔治梦想着蛋糕、狗、猫、公鸡
与漂亮而奇异的玩具；让娜幻想着天使。
于是，苏醒时，他们那张开的双眼大放光彩。

唉，他们来到我们逃之夭夭的时代。

他们说个没完。他们说什么？是的，好像鲜花
对林间的清泉讲话；好像他们的爸爸
查理，孩子啊，从前对他们的德德姑妈
讲话；好像我过去沐浴着阳光对你们讲话，
哥哥啊，当我们那风华正茂的父亲
看着我们玩耍，在罗马的兵营，
骑在马上，佩起他的长剑，显得格外幼小。
让娜呀，她的眼底收入了勿忘草，
她微微张开她那柔弱的手指要抓住影子，
她几乎没有依然配上翅膀的手臂，
让娜牙牙学语，听起来宛如隐约的歌声，
乔治快要长成个小男孩，美得好比天神。

这不是话语，啊，碧空，这是圣言；
这是清风、森林与大海的波澜
如怨如诉地吟咏的无限的纯洁而美妙的诗；
向导雅松[1]、帕利尼尔[2]与蒂夫洛斯
曾听见美人鱼以如此动人的声音
发出因深渊而显得模糊的赞美的低吟；
这是洋溢在五月每个角落里的音乐，
这音乐激起今日爱的欢乐或旧日爱的喜悦；
这是新生的婴儿闪光而又朦胧的语言，
生活将他们吸引到自己的窗前，
面对着四月，他们欣喜若狂，来回彷徨，
向着春天无边无际的窗口嗡嗡作响；
让娜对乔治说的这些神秘的话语
是天鹅与红喉雀合唱的赞美田园的歌曲，
是那些蜜蜂产生的疑问，
是幼稚的百合向深沉的麻雀的探询；
这一片悦耳的声音的神奇的底细，
这窃窃私语，这难以形容的被祝福的影子
喋喋不休，结结巴巴地发出幻觉中的声音，
也许还不断地说明各种原因；
因为小孩昨天还在天堂里，
早就熟悉人间所茫然无知的秘密。
啊，让娜！乔治！你们的话语将我的心弦扣住！
假如繁星唱起歌来，那歌声也会如此模糊。
繁星的脸转向我们，发出金黄色的异彩。

① 希腊神话中，雅松曾带领阿耳戈英雄去觅取金羊毛。

② 帕利尼尔：特洛伊王子埃涅阿斯的向导。据维吉尔史诗《埃涅阿斯纪》第5卷，帕利尼尔被海浪夺去生命，埋葬于卢卡尼亚岬角。

啊！我所钟爱的陌生人，你们从哪儿来？
让娜显出惊讶的神色，乔治射出勇敢的目光。
他们走起路来摇摇晃晃，依然陶醉于天堂。

1870年8月8日于上城寄庐

（张秋红　译）

我感到人世间太可恶

有时候我感到人世间太可恶，
我的诗像火山要把烈焰喷吐，
　　　心潮汹涌激荡；
像扑打大树的暴风雨无坚不摧，
我胸中有团火，仿佛满腹块垒
　　　都已化成岩浆。

什么！谎言当道！文痞仰仗兵痞，
法官、神父、处女、妇道都穿裙裾，
　　　也都谎话连篇；
教条喝人血，神坛为罪行祝福，
凡属真理，纵然崇高，不免贫苦，
　　　反而羞赧无言。

君主的凶光照临我们的头上，
地狱占据庙堂，供奉神的烛光
　　　竟把青天遮蔽；
灵魂像触礁的船只倒陷泥淖，
什么宗教都在黑暗中瞎摸索，
　　　把魔鬼当上帝！

哦！谁教我说些狠毒解恨的话？

哦！我要把一切圭臬、宪章、律法
　　　和经文都撕光！
我要喊出大灾大难来临的凶讯，
我要把巧舌如簧的骗子和暴君
　　　捉进我的诗行。

所以，我气得脸刷白，浑身乱颤，
不知是一群什么样的黑鹰盘旋
　　　在我烧红的天空；
丧亡！战乱！复仇女神[①]露出笑颜！
什么！罪恶遍地！我见玫瑰娇艳，
　　　心头渐感轻松。

（李恒基　译）

① 这里的复仇女神不是伊莉逆司，而是欧梅尼特。希腊传说中阿伽门农王被妻毒杀，其子奥瑞斯忒斯为父报仇而犯下弑母之罪，受到伊莉逆司的追击。雅典娜女神为解俄瑞斯特之困，遂把伊莉逆司请入庙堂，享人间供奉，是为欧梅尼特（慈悲女神）。慈悲女神的前身是复仇女神。

春

到处光辉灿烂，到处爱意温馨；
鸟儿们疯狂地追逐轻风、光明；
心灵仿佛看见宇宙绽开笑容。
帝王们啊，你们放逐我有何用？
你们禁不住夏天给我送百花，
你们挡不住习习暖风轻轻刮；
无拘无束、无边无垠的光亮
兴冲冲照临我被放逐的地方。
你们岂能教滚滚的洪涛缩小？
遏止在海面跳跃的浪花欢笑？
不让春天像挥霍的浪子播香？
给我夺去这太阳的一丝光芒？
你们不能！奉劝你们不如安分，
老老实实把自己的王位坐稳。
正如你们为争霸权殚思竭虑，
我要乘机纵情山野摘花自娱，
摘到一朵鲜花胜似凯旋回朝。
倘若听到树上雄鸟不停吵闹，
跟温顺的雌鸟找麻烦拌口舌，
这事与我无关，我却上前干涉；
说，鸟先生们，在林中休得聒噪！
一声吆喝倒教雌雄重归于好，

唬住情郎，俏鸳鸯更恩爱如漆。
这里没有清溪、急湍、悬崖峭壁；
只有狭小的草地离大海不远，
院内池塘虽浅，池水尚称清甜。
地处卑微，我却自得其乐，因为
仰望天空，有鹰翔低昂，日月交辉，
从遥远北方驰来强劲的长风。
这朴素的花园，这高远的天空，
都是我的；还有这些花、树、青草
都爱我，我感到心中俗念渐消。
如今我已拥有这一大片森林，
怎么还想得起远处有人兴兵，
只顾称王称霸，滥施淫威无度，
乐于独断专行，动辄流放无辜！
既然我已孤身面对茫茫宇宙，
既然头上只有一片青天悠悠，
拂面的轻风像纤纤玉手抚琴，
孩子们的笑声响彻花园附近。

（李恒基　译）

窗户敞着
——清晨将醒未醒[①]

我听到了声音。光线射进眼睑。
圣比埃尔教堂钟声响成一片。
游水的人叫着：过来，不，游过去！
不，那儿！鸟儿啾啾，让娜牙牙学语。
乔治叫她。公鸡打鸣。一把刮刀
刮着谁家屋顶。马群走过街道。
谁用镰刀刈草？吱扭吱扭不停。
碰撞。嗡嗡声。修房工人上房顶。
港口嘈杂。蒸汽机尖声地呼啸。
阵阵军乐传来，声音忽低忽高。
码头上人声鼎沸。是在讲法语：
谢谢。你好。再见。不早了吧？也许，
因为红脖雀飞到我耳畔歌唱。
远处铁匠铺隐约有锤声叮当。
水声汩汩。一艘汽船频频喘息。
苍蝇飞进屋。磅礴大海在呼吸。

（李恒基　译）

① 法国文学史家 J. –B. 巴莱尔认为，“就独创性而言，诗集中最值得注意的一首诗是作于‘清晨——将醒未醒’时”的《窗户敞着》这首诗，“年迈的诗人记录下了他在海边将醒时的种种感觉，为此，他作出了难能可贵的、名副其实的印象主义的努力，这种努力甚至超过（印象派诗人）凡尔莱纳后来的尝试”。

月亮篇

让娜在沉思

娇嫩的让娜沉着脸独坐草地；
我问她：你是否想要什么东西？
因为小孙孙要啥我都从命，
我悄悄观察她，总想要弄清
纯洁的小脑瓜究竟想些什么。
让娜回答说："我就想看看动物。"
于是我指指草丛里一只蚂蚁。
"看吧！"可是让娜并不十分满意。
"不，动物又高又大！"

她总梦想
宏伟壮观，爱去海边遥望汪洋；
拍岸的涛声使她安静入眠，
叱咤的风云教她如痴迷恋。
她喜欢惊险，喜欢巨大辉煌。
我说：我跟前可没有一头大象。
别的东西行吗？一定想法弄到。
让娜伸出小手，指指苍天说道：
"我要那个。"这时暮色徐徐下降，
只见一轮明月涌现地平线上。

（李恒基　译）

黄昏即景

薄雾传凉意，暮霭绕树梢；
牧归的牛群在水槽畅饮；
忽然明月拨开暮云幽冥，
把光芒向昏昏人间普照。

何时何地，如今我已忘记，
伊冯大师[①]吹响他的风笛。

游子独行在苍黄的荒原；
身前身后都有影子相随；
这边日落，那边月洒清辉；
周遭黯然，前有天灯高悬。

何时何地，如今我已忘记，
伊冯大师吹响他的风笛。

女巫坐在那里只顾撅嘴；
忙碌的蜘蛛在檐下结网；
点点流萤是精灵在闪光，

① 此处伊冯不知是否确指某人。按此诗所作年代（1859）来看，当时有两位著名的伊冯：阿道尔夫·伊冯（1817—1893），画家；安托万·伊冯·维拉索（1813—1883），天文学家。

像郁金香黄灿灿的花蕊。

何时何地，如今我已忘记，
伊冯大师吹响他的风笛。

遥望海面几条船在沉浮；
汹汹恶浪伺机扑向桅杆；
风说：明天吧！浪说：现在干！
船那边传来绝望的惨呼。

何时何地，如今我已忘记，
伊冯大师吹响他的风笛。

从阿夫朗什①去富谢②的客车
甩响马鞭像掠过的闪电；
辚辚萧萧竟然嘈杂一片，
昏茫中更仿佛周天响彻。

何时何地，如今我已忘记，
伊冯大师吹响他的风笛。

幽深的林中有几处灯影；
山头上是一片古老坟场；
问苍天这黑暗来自何方，
笼罩长夜，填满破碎的心？

---

① 阿夫朗什：在芒什省，专区政府所在地。

② 富谢：在伊莱维兰纳省，专区政府所在地。

何时何地，如今我已忘记，
伊冯大师吹响他的风笛。

沙滩上闪烁着片片碎银；
白石坡头兀立白尾海雕；
牧人眯眼迎着晚风萧萧，
隐约见到一群魔鬼飞行。

何时何地，如今我已忘记，
伊冯大师吹响他的风笛。

几家烟囱冒出一缕青烟；
樵夫背柴归去步履蹒跚；
何处溪流发出水声潺潺，
拂水的枝梢颤动在其间。

何时何地，如今我已忘记，
伊冯大师吹响他的风笛。

阴沉饿狼梦想饱餐一顿，
河在缓缓流，云在款款飞；
窗户内灯火放射着光辉，
孩子们个个都粉腮娇嫩。

何时何地，如今我已忘记，
伊冯大师吹响他的风笛。

（李恒基　译）

你们要月亮?

啊！你们要月亮？井底的那个行吗？
不，要天上的。好！我给你们去拿。
不行。我拿不着。每次都是这样：
你们别出心裁，嚷着要天上月亮，
我就伸出双手，去抓飞驰的福贝[①]。
偏偏我洪福临头，有幸当上祖辈，
同时我也因此，惶惶然不可终日。
看着你们，我想：虽有好运可恃，
但真正的幸福，我可能享受不到。
听我说，乔治、雅娜，你们是否知道：
上帝了解世人，明白爷爷的胆量，
因为他本人就跟当爷爷的一样；
什么事得提防，上帝的心中有准：
他唯恐爷爷糊涂，一心讨好孙孙；
他知道你们说句话我必定从命；
为了不让人们触碰月亮星星，
他得把它们放在牢靠的地方，
于是他用钉子把它们挂天上。

（李恒基　译）

① 福贝：月神，此处喻月亮。

他们胃口真大

哦！他们胃口真大！做娘的说道。
果园里的苹果，树林里的樱桃，
还有桌上点心，吃得不剩一口；
厩里母牛一叫，他们就齐声吼：
要喝牛奶！一旦发现一包糖果，
那争食的劲头，有如强盗一伙。
如今就是他们要天上的月亮！

不行吗？大草包倒能声势虚张？
蕞尔小儿胸怀大志我最佩服。
啊！孩子竟有这样的雄心抱负。
孙女的不知足使我思绪万千：
黄昏中她发现另有宇宙在天，
开口就要月亮！我说了：想得美！
可惜我摘不到，不然我一定给。

是的！我不知道他们要来何用，
但是，月亮啊，我真想把你，连同
你的夜空，你的无底井，你的谜

和斯维登堡[①]一去不归的天际，
都给他们，并对他们说：乖，心肝！
你的脸躲在云中朝人间偷看，
你的那些火山口被黑风吹歪，
孤寂的沟壑沉入遗忘的尘埃，
那里也许是乐土，也许是地狱，
月亮啊，那里仿佛是苍白的山岳。
是的，看到孩子们蹲着的模样，
我相信他们更善于利用月亮。
他们会把希望，祈求，以及祝愿，
都交付给这经天闯荡的婵娟，
让小小心灵走近伟大的上帝。
夜晚，孩子睡着了，他们在梦里，
比我们在梦里走得更远更高。
我相信孩子犹如教徒们信教；
我看到这些小宝贝坦诚无畏，
要天上的一样东西直言不讳，
我若有办法，一定给他们寻到，
该归他们所有，因为他们爱好。
除了尽责，你就真的别无它求？
噢！我还想看看天下帝王公侯
惊诧说道：侏儒也能有个世界！
是啊，金发的小天使们，你们爷爷
疼爱你们，但愿我有这份能耐，
能把这些追随精灵走遍天外、

① 斯维登堡：雨果在其他作品中多次提到，说他是“幻象的醉汉，是沉迷在自己遐思中的胡思乱想者”。

并且被神秘之光沐照的星斗，
和这由星斗簇拥的巨大光球
都给你们。为什么不？我信得过
你们，因为你们从不胡来。不错，
有时我的思想驰骋宇宙无涯，
想到童真的心灵有多么伟大，
我不禁激奋、敬畏地暗自思量：
也许在天上，未知的某个地方，
有位神明被众神明奉为至尊，
他能赋予每一颗星星以灵魂。

（李恒基　译）

其他组诗

欢乐[①]

一切都感到突然的战栗。
严冬逃之夭夭，远远躲藏。
新年脱去陈旧的外衣，
大地披上美丽的绿装。

万象更新，万物苏醒，
整个原野焕发着青春；
青春美映入清泉的明镜，
到处都显得光彩照人。

树木打扮得花枝招展，
最美的鲜花将出现于芳丛；
万紫千红纷纷争妍斗艳，
连最丑的花朵也堆满笑容。

从悬岩峭壁萌出花束，
微风亲吻着轻盈的花瓣；
六月因看见花团锦簇
一般的蕨而露出笑颜。

① 此诗最初曾拟收入《林陌集》。

这确实是一个节日，
迎来飞帘这俗子的一次盛会；
在夏夜巨大的宫殿里，
繁星发出灿烂的光辉。

农人收割牧草。不久又收割麦子，
收割的农夫在新林下安睡；
各种各样的气息里
带有割下的野草的香味。

谁的歌声？那是夜莺在欢唱。
蝴蝶的蛹已经出发。
地里的蠕虫展翅飞翔，
将头巾抛给荨麻。

一个个圆圈在水面上波动，
啊，蓝天！浓荫洒在葡萄架下，
灯心草打着哆嗦，那些小飞虫
来到你的耳边对你说话。

只见空腹的蜜蜂在游荡，
马蜂在奔跑，大胡蜂在警戒；
为了让所有这些酒徒痛饮芳香，
春天开放了自己的舞榭。
熊蜂，倾向于任意妄为，

弄皱了衬衣，飞来跳舞；

石竹成了斟得满满的玻璃杯，
百合成了铺得好好的桌布。

苍蝇在半闭的鲜花上萦回，
喝着鲜红与金黄的琼浆玉液，
小酒馆是那些玫瑰，
醉汉是那些蝴蝶。

人们充满了迷恋与欢乐，
解放就意味着陶醉；
没有哪一枝花朵
不让人看出："禁酒会"。

这天意的豪华
到处引人注目，容光焕发，将衷情倾诉，
天空映着朝霞，
成了唯一的切口涂金的书。

孩子啊，我确信我看到九霄
出现在你们炯炯发光的眼睛里；
你们像春天一样欢笑，
你们像晨曦一样哭泣。

1859 年 7 月 18 日

（张秋红　译）

致乔治

我亲爱的乔治啊，来吧，我带你
去布丰家或马戏场看看展览的动物；
不走出吕黛斯，只上阿西里，
不离开巴黎，只到通布克图。

去看看叫声低沉的熊，胡兀鹫，
无声的大蟒蛇，提尔豹，
斑马，豺，雪豹，还有这两位歌手：
陶醉于阳光的雄鹰，迷恋于黑夜的坐山雕。

去仔细看看约伯曾将他的假朋友琐法[①]
与之比较的两头蛇，机敏的猞猁，
还有蒙面虎，它那乌木的面罩只留下
一对闪光的小孔，地狱就出现在那眼底。

去仔细看看黄褐色的珍禽，那翅膀的微颤
真够迷人；在非常可靠的保护下，我们将看到
一群狼、美洲豹与羚羊的表演，
还有那令人眼花缭乱的神奇的蜂鸟。

① 约伯、琐法：均系《旧约·约伯记》中的人物。

让我们摆脱尘世的喧嚣，到植物园去。
透过使我们窒息的黑暗，让我们留神
地狱的痛苦所发出的隐隐约约的呼吁，
遥远的陌生的人们那模糊的脚步声。

动物，来自黑暗中飘忽不定的幽灵。
我们不清楚动物是否在听，是否听见；
动物有惊恐的叫声与忧郁的眼睛；
然而这正是崇高的信念的泉源。

支配世界的我们啊，说了多少废话，
却全然不知我们所犯下的罪恶！
当真理出现时，我们竟视为冤家；
与理性相对抗，我们每每摇唇鼓舌。

讲坛上的科比埃[①]与主教座上的弗雷西努[②]
远比树林里的野兽来得卑鄙；
森林里的灵魂耽于幻想，任人摆布；
我在圣殿里怀疑，我在高山上深信不疑。

上帝以浓荫的私语隐约说出自己的名字；
魁里纳尔山[③]比不上猛兽出没的珀隆山；

① 科比埃（1845—1875）：法国诗人。

② 弗雷西努（1765—1841）：法国高级教士。

③ 魁里纳尔山，位于罗马北部，其间宫殿向为消夏别墅，1870年前属教皇，后属意大利国王，今属意大利共和国总统。

当我们听够了鼎沸的人声，去听巨大的雄狮发出几声吼叫，实在是必不可少的消遣。

1876 年 1 月 15 日

（张秋红　译）

我的心生来就是这样

我的心生来就是这样：无论什么思想，
无论什么人，都不曾使我惊慌；
我的心不信圣经也不信古兰经，
始终蔑视诡辩家，触犯暴君的逆鳞；
正因我毫无贪欲，我毫无畏惧；
只有荣誉为我燃起恐怖扑不灭的火炬；
我生就悬岩般高傲的铮铮铁骨；
谁也不要妄想迫使我因追逐
私利而前进或因忧心忡忡而后退；
我反抗暴力，面对恳求我不再自卫，
世上的幸福对我只产生微不足道的影响；
啊，朋友，我宣布：我再没有奢望，
我最大的抱负已经得到满足，
我自问已还清我这一生的债务，
宽厚的神明已使我完全称心如意，
只要在我确实既不想望奥林匹斯诸神的座石
也不追求图拉真的支柱的人间，
谁也夺不去我怀抱里让娜的笑颜。

1870年11月17日于巴黎

（张秋红　译）

让娜睡着了

她睡着了，要到明天才重新睁开她美丽的眼睛；
黑暗中，我的指头被她的手抓得紧紧；
我静静地阅读着，留心着一切，不要将她惊醒，
读着虔诚的报纸；所有人都在侮辱我；有的人建议
谁要读我的诗歌就把谁打发到夏朗通去；
又有人要把我邪恶的作品付之一炬；
还有人，泪水把眼角湿润，
劝过路人拿石头向我掷扔；
我写下的是一堆凄惨而有毒的文字
所有的黑色恶龙在那里扭曲着身子。
还有人相信地狱，认定我是那里的卫道者；
一人叫我伪基督，另一人叫我撒旦，而第三者
担心傍晚在树林子的角落与我相逢；
有一人递给我毒芹，另一人对我说．喝吧！
我摧毁了卢浮宫，我杀死了众多人质；
我使人民梦见不知什么样的瓜分；
烈火中的巴黎把红光映在我的额头；
我是纵火者、杀人犯、刽子手、
吝啬鬼，如若皇帝想让我当大臣
我甚至还不会那么险恶，那么阴沉；
我是公开的投毒者，谋财害命的人，
于是，所有那些嗓音一声声地呐喊，

向我掷来羞辱，此起彼伏，永不间断；
而此时，孩子沉睡着，仿佛她的美梦
在对我说：放心吧，哦父亲，尽管宽心！
我感到她的手温柔地压在我的手心。

1873 年 12 月 2 日

（余中先　译）

摇篮曲

我守着你。别害怕。我等着你坠入梦境。
那些天使会来亲吻你的面庞。
我不希望随着你进入那神情
　　凶恶的梦乡。

我希望在梦境中看到你让我拉着小手，
清风将雷雨的吼声变为瑶琴的乐音，
阴森的黑夜来到你的梦乡漫游
　　并露出笑影。

诗人对那些颤动的摇篮十分留神，
他向它们倾诉衷肠，说着亲切的悄悄话；
他是它们的情侣，他的歌声
　　好比玫瑰花。

他比四月那洋溢着芬芳的草坪
与五月那吸引飞鸟前来掠夺的花坛更淳朴；
他的歌声是灵魂的颤音，
　　连蜜蜂都嫉妒。

他热爱这些丝织的镶有花边的安乐窝，
在凉爽的家里，他感到喜上心头，

这喜悦令人放声大笑，这欢乐
　　带有泪水般的温柔。

他是天真烂漫的欢乐的出色的播种人，
他满面春风。但假如那些国王及其无数仆从
来了，假如他看见雌虎透过昏沉的阴云
　　露出发光的瞳孔。

假如他看见从梵蒂冈、柏林或维也纳
投出一个圈套，抛出一部圣经，走出一股匪帮，
他就拍案而起，挺身而出，他立刻
　　就变得令人惊慌。

假如他看见罗马这蛇怪，依纳爵[①]
这蜘蛛或俾斯麦这秃鹫犯下种种罪行，
他就发出怒吼，他就感到他愤慨的诗节
　　涌起惊涛，大发雷霆。

这毫无疑问。再没有歌声。他所憧憬的前程，
世界人民及其权利，那些国王及其顽抗，
犹如一阵急速旋转的暴风雨让这灵魂
　　归于消亡。

他四处奔走。法兰西啊，请恢复你往日的勇敢！
啊，力挽狂澜！人们看见这奋起抗争的诗人

---

① 依纳爵（1491—1556）：全名依纳爵·罗耀拉，天主教耶稣会的创始人。耶稣会系教皇反对16世纪欧洲宗教改革运动、维护教皇统治、扩大天主教势力的重要工具。

让上帝照亮心灵，让利剑的光焰
　　充满眼神。

于是他的思想，宛如船首在大海上奔腾，
宛如旗帜在激烈的鏖战中飘扬，
成为一辆曙光的大马车，转动起车轮，
　　展开了翅膀。

1875年7月7日

（张秋红　译）

让娜在黑屋子里被罚吃干面包

让娜在黑屋子里被罚吃干面包，
反正犯了什么罪。我责任没有尽到，
我这是犯渎职罪，去看流放的女犯，
并且，我暗中偷偷塞给她蜜饯一罐，
这可是违法行为。于是在我们城里，
全社会安危赖以维系的大小官吏，
都感到义愤填膺，让娜说得很柔顺：
“我再不用大拇指按鼻子嘲弄大人；
我再也不让小猫把我的皮肤抓破。”
可是大家嚷嚷道：“孩子知道你软弱，
她很了解你，你是懦夫，这她也知晓。
别人生气时，她却看到你反而在笑。
还能不能有什么政府？每刻和每时，
你都在扰乱秩序；权力变得很松弛；
没有了规章制度，孩子可就会胡来。
是你破坏了一切。”我只好低下脑袋，
我说：“对此我无法否认，这不能原谅，
我是错了。对，老是这样的宽宏大量，
结果却总是害苦了各国人民自己。
罚我吃干面包吧。”“我们要这样罚你，
当然，你活该。”让娜待在黑暗的角落，
抬起她那美丽的眼睛对我轻轻说，

那眼睛里充满了温柔女人的威严：

“好吧，我呢，我一定会来给你送蜜饯。”

1876年10月21日

（程曾厚　译）

跌碎的花瓶

老天哪！整个中国在地上跌得粉碎！
这花瓶又白又细，像一滴闪光的水，
花瓶上画满花草和虫鸟，妙不可言，
来自蓝色的理想梦境，都依稀可辨，
这个绝无仅有的花瓶，的确是奇迹，
虽然是日中时分，瓶上有月色皎洁，
还有一朵火苗在闪耀，仿佛有生命，
又像是稀奇古怪，又像是有心通灵。
玛丽叶特[①]在收拾房间，出手不小心，
碰倒了这个瓷瓶！跌碎了这件珍品！
圆圆的花瓶多美，仿佛在梦中制造！
瓶上几头金牛在啃着那瓷的青草。
我真喜欢，海港是我买花瓶的地方，
有时候，对沉思的孩子我大讲特讲。
这是牦牛[②]；这是能手脚并用的猴子，
这个，是一头笨驴，也许是一个博士，
他在念弥撒，如果不在哼哧地叫喊；
那个，是一个大官，他们也叫做“可汗”[③]，

① 雨果家中的保姆。

② 牦牛（I'yak）：恐是水牛之误。西方人对两者常分辨不清。

③ 原诗作kohan，意义不明，暂且按其音译作“可汗”。

既然他肚子很大，就应该满腹经纶。
当心，这是只藏在穴里的虎，要伤人，
猫头鹰在它洞里，国王在深宫里头，
魔鬼在它的地狱，瞧它们长得多丑！
妖怪其实很可爱，这孩子们都知道。
志异故事讲动物，他们就手舞足蹈。
花瓶死了。我非常珍惜这一个花瓶。
我赶来时很生气，我马上大发雷霆：
“这是谁干的好事？”我嚷道，来势汹汹！
让娜这下注意到玛丽叶特很惊恐，
先看看她在害怕，又看看我在发火，
于是，像天使一般瞧我一眼说：“是我。”

4月4日

让娜对玛丽叶特还说：“我早就知道，
只要说一声‘是我’，爸爸[①]就不了而了。
我一点也不怕他，因为他是我祖父。
你瞧瞧，爸爸想要发火都没有工夫，
他就是不会大发脾气，因为他很爱
　去看看鲜花，要是天气热得很厉害，
他就说：‘不要光着脑袋在阳光下走，
不要让什么小虫咬了你们的小手，
你们跑吧，可不要拉小狗的颈圈，
当心千万别摔跤，上下楼梯要安全，

① 让娜的父亲1871年3月逝世。让娜这时仅两岁。雨果在孙儿孙女眼中，既是祖父，又是父亲，常呼作“老爸爸”(papapa)。

还有，可不要撞上大理石做的物品。
你们去玩吧。’然后，他就走进了树林。”

4月8日

（程曾厚　译）

学童的涂鸦

夏尔在他的课本上乱画一通。
课文是那么令人厌倦，慵懒中，
孩子的画笔不停地运作
直到做完这巨大的作业：即兴创作
在书本中，从上到下，到处乱涂乱画，
就像人们在摩尔人的红宫[①]墙上看到的壁画，
斑斑的墨迹，有着百兽的样子，
吞噬着句子，啃吃着字词，
吃完了课文，再来咬边缘。
老师的鼻子浮动在这负担中间。
夏尔心平气和地散布着他的魔法，
把它们搅混了托斯卡纳[②]古老拉丁文的明暗对比，
插入到让罗马戴上枷锁的大讽刺诗，
到恺撒、布鲁图斯[③]身上，到那些崇高的回忆。
这只小羊羔，任性地在诗行中登攀。
书本是正面，而学童，正是反面。
他的快乐，这淘气鬼，混杂于那个想逃往
萨尔马特人[④]中去的复仇者身上的道道痕伤。

---

① 红宫：一译为艾勒汗卜拉宫，是西班牙格兰纳达的摩尔人王国的宫殿。

② 托斯卡纳为意大利一地。

③ 布鲁图斯是古罗马一贵族，是杀死恺撒的主谋。

④ 萨尔马特人为古代生活在欧洲南部的一个民族。

草描是那么的奇特、幽深、密密麻麻。
恶魔们！你们高高地栖息，一个靠着科德罗斯[1]，
另一个压着尼禄。还有一个搔破了一句长短短格的诗。
一个馅饼在文体的枝杈上做窝筑巢。
一头跟尼萨尔先生[2]十分相像的毛驴在喊叫，
最后在昏暗的森林中变成夜枭；
墨水瓶在它身上滚过，脑袋上
淋浸着这阵黑雨，蹄子上抓着扬扬格的诗行。
梦幻之手到处画出素描；
就这样，学童兴之所至，一团团
涂鸦，与美文为敌的乌合之众，
在抑郁的六音步诗句中飞跃腾翻。
游戏！美梦！不知道什么样的幼稚，缠绕
着诗歌，赋予它不可言喻的情调，
为杰作作注释，使人感到一种天真纯洁
使才华变得更为完美和谐。
那是一个巨人，肩上扛着一个男孩。
夏尔还让一朵鲜花从一个词儿中绽开，
或者在惶恐得战栗、迷途于岔路的节奏的野荆
丛中，放出一个长翅膀的妖精。
一个圆圈盖在一页书上。是个拱顶？还是个鸡蛋？
一只银鼠从中出来，它或许就是头牛。
每一行诗上，都笼罩着凌乱的字画，
安置的植物形态不断地变化。
在这拉丁文上，夏尔催生出一窝荆棘。

---

① 科德罗斯传说为雅典最后一代国王。

② 尼萨尔（1806—1888）：法国文学批评家，法兰西学士院院士。

全靠它，这古老的课文才像一处怪异之地，
在那里，偶遇、厌烦、插科打诨、划改抹涂，
在远景中竖立起它们模糊的建筑。
他的笔墨让黑夜出现在繁星闪烁的书上。
然而，不时地，这张混乱的黑网，
透过它的枝丫、它的壁柱、它的廊门，
使得思想流传，使人看到星辰。

夏尔就是用这种方法，在坚韧
的古老杰作上工作，为锈蚀的铜器
镶饰上常青藤，以他巨硕的面具
和疯狂的鬼脸，惊扰着众人。
他玩得那么开心，真是少年不知忧愁！
把一种高傲的天才当作熟悉的妖魔！
对待这头狮子就如对待一条卷毛狗！
来一个恶作剧，对付那些学究，悲愁、丑陋的一伙！
让一本打着德拉兰先生印记的课本，
一眼看去变得有趣、狡猾、令人激奋！
高兴啊，在一首诗歌之上，双脚一并跳起！
夏尔为他的作品得意，而他自己，
“小鸟看到了镜子，却没有发现圈套”，
他欣赏着自我。

一个监视者突然出现，狠心的人。
在他灰暗的眼中，这作业有害无益；
嘴唇的两角下垂，丧气的皱纹中暗含威仪、
原则、纪律，放学后不得离去，
为遭冒犯的课文发出威严的愤怒。

童年需要鲜花；而人们却给它山岩。
可惜啊！他是学校的学监。他走到跟前，
朝书本瞥来沮丧的目光，傲慢地训示：
“很好。今天上午，你抄写一千行诗
为惩罚你对学习课本的太不珍惜。”
于是，狱卒消失了踪影，只留下拉图德[①]在那里。
然而，眼下恰恰是娱乐时光。
九岁的年纪就当坦塔罗斯、恩刻拉多斯和伊克西翁[②]！
看到他人游戏！自己当一个被放逐的罪犯！
受惩罚去摇动荒谬的桨杆！
面对着敞亮的晴空，却在烦闷中叹嘘，
忍受这可怖大山的重压，一千行诗句！
夏尔低声抽泣，说道：“不让去玩双杠！
却来抄写拉丁文！我成了野蛮人的败将。”
时间已到中午；人们席坐在草地，
在这神圣时刻，该来玩单脚跳游戏；
空气温热，矮林碧绿，黄莺儿
在林中洗脸，把水泉当成了脸盆；
知了也在那小麦地里起劲地鸣唱。
孩子有权利奔向田野。夏尔绝望地想象，
面前的书本，可惜，因为他的罪过变得漆黑一团。
他恍惚以为听到布瓦洛的韵脚在喃喃抱怨，
那个布瓦洛，微睁着眼睛，就在他旁边打哈欠；

① 拉图德（1725—1805）：法国冒险家。曾在监狱中待了35年。

② 这三人均为希腊神话中受到惩罚的人物。坦塔罗斯因触怒宙斯，被罚永世站在水中，口渴想喝水，水就消退；头上有果树，饥饿时想吃果子，树枝就升高，高不可及。恩刻拉多斯因反叛众神，被雅典娜压在西西里岛底下。伊克西翁因勾引赫拉而被宙斯绑在地狱的车轮上，永远旋转。

所有这些书仿佛都被刺激起来。
然而，他高傲地挺着头。没有丝毫的悔过。
他不感到什么羞愧，他看不到自己有错。
“我被关了监狱？我成了可怜的附庸，临近圣诞时节被
夏普萨尔[①]卑鄙地罪加一等？
我到底做错了什么？”他忧愁地看到自己被抛弃，
欢乐已从身边溜走。他孤独一人。他哭泣。
他神情迷惘地盯着眼前的纸页。
一千行诗！抄写、抄写、抄写！
再抄写！哦学究，你想从人们听到林神之笛
的树林中得到的，原来就在这里，
暴君，你的眉头，一听到有人回答你，
就紧紧皱起，就好像一座老拱桥下的涟漪！
从很久以来，童年就在愤怒中发明出
带有三片铧的犁具，来翻耕这坚硬的泥土。
“好吧！”他说，“小卒们，我们来作弊！”
于是，他狂怒地握紧带有三根管的羽笔。
突然从巨大的书中一个人，走出一个阴魂一个幽灵，
他说：“不要害怕，我的孩子。我的本名
叫尤维纳利斯[②]。我是好人。我只让大人害怕。”
夏尔抬起他的双眼，眼中闪烁着晶莹的泪花，
然后说：“我不害怕。”那男人如同一根大理石柱，
一面听着小学生们欢快无比，无忧无虑
在远处的树林中游戏，一面继续话语：
“孩子，我过去也曾像你那样被放逐，

① 夏普萨尔（Chapsal）：所指不详。

② 尤维纳利斯本是古罗马最有影响的一个讽刺诗人（生活期间为公元1世纪末2世纪初），其诗歌辛辣地讽刺当时的腐败风气。

都因为像你那样到处乱涂乱画。
像你这样，我得罪了占卜的行家。
遭到玛辛嫉妒的若弗雷[①]的学生，
让我们看看你的书。”他说完，便瞧着一幅素描
既没有太多的尾巴，也没有很大的额脑。
“这是什么东西？”“先生，这是一头畜生。”
“啊！你把畜生放在我的诗中！不过当然，
为什么不能！既然天主站立于黑暗，
把它们安置在大森林，在神圣的海洋。”
他又翻到另一页，俯身细看：“你在创新。
这是什么？依我看来，它尽管扭曲，却很漂亮。”
“先生，这是一个好人。”“你说的，一个好人？
好的，这里还真缺少一个。我的书中
尽是坏人。看到在所有这些人当中
活着一个好人，真叫我高兴。虚胖的众恺撒，
快排好队！这个好人是个神。我的孩子，谢谢你啦。”
于是，他用一根至高无上的手指，翻看
尼萨尔、毛驴、老师的鼻子、或许是一头牛
的银鼠、一条条恶龙、一头头怪兽，
混杂在诗行深处的插上翅膀的墨水斑点，
在散乱的怒火之上，是这整整一份欣喜，
尤维纳利斯惊喜地叫喊道：“这很滑稽！”

于是，这两颗心灵，在那里滔滔不绝，
就像是大姐姐和小妹妹；而那学监
昏暗如同子夜，寒冷如同腊月，

① 玛辛（Massin），若弗雷（Jauffret），均不详。

他将惊诧不已，假如他走进房间，
看到在令人窒息的天花板下的学校，
老诗人和稚真的孩子一起放声大笑。

12 月 12 日

（余中先　译）

白碧达

初接触时，诗韵曾经迟疑，
只因她头发上罩着轻纱。
那大概是伊妮姬……——
不，那是白碧达。

十六岁的姑娘。又苗条又美丽……——
(诗韵在这里开口说话：
缺乏灵感的诗人才想起伊妮姬。
激动人心的诗意却属于白碧达。)

白碧达……——我唤醒了记忆！
啊！美妙而令人陶醉的往昔，
无数往事挤在一起，
纷纷涌向我的脑际。

大海啊，你滚滚的潮水
带来海草与卵石。
我的父亲有一支卫队，
我们住在一座宫殿里[①]；
在我至今依然眷恋的西班牙，

① 1811 年，雨果一家住在马德里的马斯拉诺宫。

在那黎明，在那春日，
当我只是个微不足道的娃娃，
白碧达在我八岁时

曾告诉我：“小弟，我的名字
叫白芭。”我的爸爸是个侯爵，
我呀，我自以为是个堂堂男子，
在被征服的国家比人优越。

白芭在她那丝编的发网间
挂上几枚多布朗[①]；
她那金黄色的发卷
显露着欢乐，闪耀着光芒。

她那波纹闪光的绸裙，
那斗牛士式的外套，
那青绒衣，那黑花边，纷纷
在金色的光辉里手舞足蹈。

我的情侣白碧达
当时是个几乎已成年的美人。
在她那天鹅绒般柔软的衣袖下，
这无忧无虑的少女占据了我的灵魂。

我的心儿在她的房里乱颤，
犹如鸟巢在猎鹰的周围。

① 多布朗：西班牙古金币名。

她戴着琥珀项链，
阳台上开着一朵蔷薇。

天天有个流着眼泪的老头
来乞求一个铜板；
同时有个凶恶严厉的看守
不知从什么地方来到门前。

他在窗下急得直跺脚，
当老乞丐用他那嘶哑、破碎
又气喘吁吁的声音喊叫：
“请发发慈悲！”

于是我这戴金项链的美丽的女伴
将身子俯向她的蔷薇，
将施舍给那穷汉，
将恩惠给那门卫。

一个更骄傲，另一个不再那么痛苦，
他们走开了，那惊恐的老人
在黑暗中带走一个苏，
那凶狠的看守带走一个眼神。

我站在窗旁，抖个不停，
人长得太矮小，看也看不到，
已经钟情，我却没有自知之明，
我那么傻，竟不懂得恋爱的奥妙。

她娇声娇气地向我低语：
“快让我俩结为眷属！”
她选择了警察做情侣，
选择了天真的孩子做丈夫。

我每每说出一些蠢话，
白芭总是回答：“讲得别这么响！”
她要拨旺火苗，我却失去了火花；
在我们那嬉戏的甜蜜的时光，

士兵们将美酒喝了一盅又一盅，
将多米诺骨牌玩了一遍又一遍，
在马斯拉诺宫中
那些漆成彩色的大殿。

1855年1月16日夜

（张秋红　译）

祖父之歌

跳舞吧，小女孩，
　　大家快围成一圈。
看见你们这么可爱，
　　树林将露出笑颜。

跳舞吧，小女王，
　　大家快围成一圈。
白蜡树下的情郎
　　将抱着你们旋转。

跳舞吧，小狂人，
　　大家快围成一圈。
学校里的书本
　　将低声抱怨。

跳舞吧，小美人，
　　大家快围成一圈。
展翅飞翔的鸟群
　　将拍手称赞。

跳舞吧，小仙女，
　　大家快围成一圈。

跳舞吧，头戴矢车菊，
　　曙光迎笑脸。

跳舞吧，小姑娘，
　　大家快围成一圈。
先生们将倾诉衷肠，
　　与侣伴尽情交谈。

1876年11月26日夜至27日

（张秋红　译）

我是树林里忠实的主人

我是树林里忠实的主人，
我又是野生树苗的园丁。
秋天一到，燕子就来敲门，
“我们搬吧！”对我说得很轻。

经过了霜月，经过了雪月[①]，
我就去看看新嫩的树芽
是不是有什么东西欠缺？
森林是否有事放心不下？

我对树莓说：“快长吧，丫头！”
我对百里香说：“放出馨香。”
我向陡坡两旁的花要求：
“折边可要卷得漂漂亮亮。”

我半开着小门监视一下
山坡上刮的风什么风向，
风带来的东西弄虚作假，
是这个骗子常见的现象。

---

① “霜月”和“雪月”是法国共和历的第三、第四两个月，相当于公历 11 月下旬到来年 1 月下旬。

天色一亮，我就加快步伐，
跑去看看春天对付冬天
所采取的各项紧急办法，
是不是什么也没有改变？

万物有去日，万物有来时。
我想知道万象不断更新
的秘诀究竟是怎么回事？
黑夜想阻拦是白费苦心。

我喜欢此起彼伏的荆棘，
喜欢常春藤，红红的苔藓，
喜欢太阳为了打扮古迹
而创造的新装一件一件。

当万紫千红的五月正好
给阴沉沉的古堡上颜色，
我就对这些老笨蛋喊道：
“让春天给你打扮就是了！”

1870 年 5 月

（程曾厚　译）

在花园

让娜和乔治在那里。风暴临近的黑天
变得绯红，把曙光洒向他们的游戏；
哦，晴丽的天！春天殷勤地来到我身边；
大地返青；森林成了一个女魔法师；
地平线在变幻，如同一道歌剧的布景；
请给这温和的月份起一个你喜欢的名，
这是五月，这是花月[①]；这是鸟巢与碧空、
小草与蓝天、簌簌颤抖之物
与正义之物之间庄严的婚姻之神；
在这一时刻，一切都隐约感到自身的永恒；
这是赞叹，这是希望，这是迷醉；
植物是一个女人，我的诗歌将她抚慰；
全靠鲜嫩的菖兰，全靠纯洁的旋花，
这就是我们诗人向这如此丑陋、如此可怕
的一月份发出的复仇，这就是四月春光
以她那盛开的长春花对冬季的抵偿；
勇敢些，四月！勇敢些，哦五月花季！蓝天
温暖吧，辉煌吧，愿你美丽！壮举呵，上天！
啊！季节从来不让我们荡产倾家。
黎明经过，一路上把玫瑰的种子播撒。

① “花月”为法兰西共和历的第八个月，相当于公历4月20—21日到5月19—20日。

火焰！阴影！一切都充满黑暗，睁着大眼；
一切都那么神秘，一切都那么灿烂；
狂风暴雨中，翠鸟儿还在把什么找寻？
爱情、兽穴与鸟巢有着相同的节庆，
我不明白人们为什么还会为
在沉思的狮子面前的东西感到羞愧，
为爱情，为神圣的婚神，为你，大自然！
任何的囚牢最终都通往相同的开口，
生命，而任何的锁链，透过我们的痛苦，
都由青铜开始，而由鲜花结束。
因此，我们先是有卑鄙的仇恨，
战争、折磨、灾祸，随后有女人，
黑夜没有别的目的，只为带来白昼。
天主只是为了造爱才创造了宇宙。
如同一个诗人懂得爱，如同圣贤
没有两种真理，没有两副容颜，
我始终让那美、那自信而又崇高的魅力，
去获胜，去把我变成她想要的任何东西；
面对着裸体的女人，我并不比
面对着云雾中的星星，或是
水面上洁白的天鹅，更掩盖我的激昂，
因为在辽阔无垠的碧空，鸟儿高高地翱翔，
唱着相同的歌，而这歌，就是生命。
我同情你，愿你强壮；我羡慕你，愿你得到爱情。

1874 年 5 月 31 日

（余中先　译）

扫兴者

美丽的姑娘们四下逃遁
不知道往何处藏身。
褐发或金发，高挑或小巧
她们在钟楼旁舞蹈。

一人在歌唱，和着节拍
一个个气色鲜艳的男孩
在舞蹈声中纷纷跑来，
在她们的帽子上插上花串。

从水泉边上返回
她们在钟楼旁舞蹈。
橡树说，我喜爱图瓦侬；
岩石说，我嘛，喜爱苏宗。

但是，昏暗钟楼的黑衣人
对她们喊道："快逃走！丑陋的女人！"
他突然的喘气在阴影中
驱散开那些小小的脚踵。

整个的舞蹈就此流溢，
黑眼睛、蓝眼睛全都消失，

就像在雨中飞掠
一队怕冷的鸟雀。

高大的树木被这溃逃
弄得沉默无言，忧郁惆怅，
因为姑娘们在大地上舞蹈，
令鸟巢在天空中鸣唱。

“黑衣人要做什么？”她们问。
再没有歌唱；因为黑色的证人
使得美人儿逃得远远，
而那歌声，则消失得更远。

“黑衣人要做什么？”“我不知道。”
麻雀答道，欢快地奔跳；
她们如黎明一般哭泣流泪；
一根勿忘草却把她们劝慰：

“我来给你们解释这里的秘密。
对他来说，你们没有丝毫的魅力；
蝴蝶儿喜欢盛开的玫瑰，
而猫头鹰却一点也不会。”

1855 年 1 月 3 日

（余中先　译）

放鸟

经过今年的严冬，只剩下一只小鸟，
从前笼子里却有大群的飞禽鸣叫。
在高大的铁笼内只留下一片空虚。
一只温和的山雀以前生活很有趣，
现在是形影相吊，只好整天在回忆。
永远有水，有谷子，有饼干可以充饥，
有的时候能看到一只苍蝇飞进门，
这就是全部幸福。它已经忍无可忍。
一无所有，金丝雀没有，也没有麻雀。
鸟笼已经够伤心，沙漠如今更凄绝。
伤心的小鸟，独自睡觉，当黎明初照，
山雀独自用小嘴搜索自己的羽毛！
这可怜的小东西已变得野性又起，
所以，老把栖息的光架子转动不息。
有的时候，似乎又自己下定了决心，
在木棍之间没完没了地攀登频频，
幽禁者狂飞乱跳，接着又一声不响，
躲在一边，一动也不动，还神色怏怏。
看到它凄惨地呼吸，看到它的眼珠，
看到大白天它的头在翅膀里蜷伏，
猜得到它为亲人伤心，为伴侣失掉，
还为欢乐的百鸟齐鸣消失而苦恼。

今天早晨，我打开铁笼大门的门闩。
我走进去。

　　　　　　有两根长竿，有一座假山
一片小林点缀这喷泉轻泻的牢笼，
冬天就披上一块高大的幕布过冬。

小鸟看到走进来一个阴沉的巨人，
飞上飞下想逃跑，想找个角落藏身，
惶惶不安中还有无法形容的恐怖。
弱小者的恐惧里充满无力的愤怒。
山雀在我可怕的大手前飞去飞来。
我为了抓住山雀，爬上了一张高台，
它知道完了，发出几声惊恐的尖叫，
它掉进一个角落，我一把逮住小鸟。
唉！小不点儿如何能对付庞然大物？
你又惊慌，又脆弱，被凶神恶煞捉住，
你两手空空，就是再反抗又有何用？
山雀闭上了眼睛，软瘫在我的手中，
张着小嘴，羸弱的颈脖子歪在一边，
翅膀发硬，嘴无声，眼无神，气息奄奄，
我感到它小小的心却在怦怦跳动。

四月是多么绚丽，曙光是多么鲜红；
四月和曙光可是模样相像的兄弟。
四月就像是有人欢笑醒来的神气。
现在正是那阳春四月，我家的草坪，
我和周围的花园，还有无边的远景，

天上地下，一切的一切充满了欢乐，
欢乐使鲜花喷香，使星星光芒四射。
荆豆在张灯结彩，把沟壑染成黄金，
蜜蜂的嗡嗡乃是上天低语的声音，
附在水蔊菜上的勿忘草正在品味
一滴又一滴掉在花朵里面的泉水，
小草都十分幸福，寒冬腊月在融化。
大自然万物皆备，有阳光、歌唱、香花，
因此感到很高兴，待人更好客宽容。
造化充满了爱情。

我这就走出鸟笼，
但始终握着小鸟。我移步走近阳台，
古老的木制阳台上有常春藤掩盖。
太阳啊！万象更新！万物在跳动颤抖，
万物是光明。我就松手说：“还你自由！”

小鸟马上躲进了飘摇的枝条中间，
躲进了茫茫无边、光辉灿烂的春天。
我看到小小灵魂飞离得远而又远，
飞进了玫瑰色的光明和光焰一圈，
飞进无穷的树林，飞进深邃的天顶，
迎着爱情的召唤、鸟窝的召唤飞行，
它向着其他白色的翅膀发狂地翱翔[1]，
毫不留恋宫殿，奔向树杈，还奔向
新绿的树林，奔向鲜花，还奔向波浪，

① 意思是指小鸟在寻找其他追求光明的伙伴。

那副惊讶的神情像是飞进了天堂。

于是，为看它这样飞奔着投入光明，
为看一片透明里被解放了的生命，
为看可怜的小鸟飞进归宿的大门，
我陷入沉思，自忖：“我刚才做了死神。”

1864年4月27日

（程曾厚　译）

穷孩子

保护好这一条小生命；
他是那么高尚，他包容着天主。
在诞生之前，孩子们
都是蓝天上的光明。

天主慷慨地把他们恩赐给我们；
他们来了，被天主当作礼物给我们；
在他们的笑声中，他放进了他的智慧
在他们的亲吻中，有他的宽慰。

他们温柔的光明把我们照耀。
可惜，幸福是他们的特权。
假如他们饥饿，天堂也会哭泣，
假如他们受冻，苍天也要战栗。

天真无辜之母亲
请指责邪恶的人。
人只知道天使强大有力。
哦！可是当天主寻找这些脆弱无力
的生命，打发他们插上翅翼
来到我们沉沉睡在其中的阴影，

却发现他们衣衫褴褛，
天庭深处将会发出何等的雷霆！

1870 年 1 月 3 日

（余中先　译）

在田野

我俯身温柔地俯瞰河流和树林，
作为鲜花与飞鸟的祖父，想入非非；
我对万物怀有神圣而深切的怜悯；
我劝阻孩子们不要糟蹋玫瑰；
我说：请别惊扰植物和动物；
嬉笑时别惊吓，游戏时别作恶。
让娜和乔治，纯净的额头，晶亮的双目，
在吐蕊争艳的花丛中闪光四射；
我游逛在这天堂中，不作丝毫的骚乱；
听着他们歌唱，我梦想，我自忖：
无忧无虑的孩童，在他们诱人的果园，
听不见书页翻动时发出阴沉的声音
任凭神秘的书中写下人们的命运。
他们远离神父，却离耶稣基督很近。

5 月 2 日

（余中先　译）

鸟儿在鸣唱，
我沉湎于深深的梦寐

鸟儿在鸣唱，我沉湎于深深的梦寐。

玫瑰，她在那，在繁花的枝条下熟睡，
她那晃动的摇篮如同翠鸟的巢窝，
甜甜的，紧闭着双眼，一点没发现
阴影和阳光在她身上悄悄地滑过。
她是那么娇小，那么的超自然。
哦，天真纯洁的孩子那崇高的美！
我沉思，她做梦；她的额头上飘飞
安详景象的巧妙交织；
被人们当作女王的蓝天上的女子，
天使，神情和善的狮子，
被侏儒们保护着的可怜的好心巨人，
树林中鲜花的凯旋，闪发着众仙子
光芒的天堂之树的战利品，
一片云彩中，伊甸园半露半现
这就是熟睡的孩子头脑中纷乱的蜃景。
孩子们的摇篮就是美梦的宫殿；
天主为他们制造一堆甜甜的谎言；
从这里诞生他们鲜艳的微笑，他们深彻的宁静。
不止一人会说：善心的主，你曾把我欺骗。

但是善心的主回答于幽深的阴暗：

“不。你的睡梦是天，我只给了你它的阴影。

但是，这天，你终将得到。请等着另一个摇篮：

坟墓。”

于是我做梦。鸟儿，鸣唱吧！哦春天！

5 月 31 日

（余中先　译）

给祖父之书

让娜，现在已是春天；而五月，是玫瑰的月份，
闪光吧，青草绿茵茵，公园美丽迷人；
我们两人都注视着，梦想着同样的事物，
你看天花板上的苍蝇，我看苍穹上的星辰。

一切因爱情而搏跳，甚至连大理石的农牧神，
人们看到他也透过阴影，瞥来发亮的眼神；
树林中黄莺鸟那脆生生的亲昵叫声，
混响在清新的伊甸园中，把天空的灿烂添增。

鸟巢间树枝上传来一阵喧闹
光灿灿、活生生地充塞黑黝黝的荆棘丛；
无比的欣喜充盈着昏暗的树丛；
人们听到风儿轻轻地唱起了歌谣。

年年季季，花儿谢了又开，花儿开了又落，
一只模糊的青鸟飞走了，人们想把它抓获；
温柔的小让娜，请你尽情地想象
我就在下方，为了你的喜悦欢畅。

（余中先　译）

留给子孙将来读的诗

之一：祖国[①]

哦，法兰西，你的不幸使我气愤，
我说过，而且我还要说：祖国神圣，
这是发自我肺腑的大声疾呼，
谁损害我的母亲谁就是歹徒。
若是帝王，我要弹劾；若是命运，
我也要掘地三尺来扭转乾坤；
皇帝既成暴徒，命运这样强梁，
激起我的满腔怒火，我的诗章
带着斑斑的血泪，凄怆的哀号，
诅咒命运，这暗处徘徊的宵小；
我要教夜晚、深渊和满天阴沉
以及恶性事件恪尽自己本分。
我决不容忍有谁竟居心叵测，
想把事事盲从说成真正尽责，
妄图逆转通往理性的康庄路；
对于倒行逆施，我要无情揭露；
祖国的荣耀和声誉如今受挫，
我要说这都怪上帝出了差错；
曲折匍匐的史实我一一历数，

① 手稿上原无题，但在草稿上有“乔治长大后读”，“乔治二十岁时尽责的榜样”等字样。在这样的大标题旁，他还列出这一组诗的主题：“祖国”等。

胜利，寒冬，然后陷入十面埋伏；
我要告诉从深渊爬来的丑类：
“我看到你们偷偷摸摸在犯罪，
不要以为我们是乞怜的妇女，
我们在思索，你们应有所疑惧；
你们无权这样对待法兰西，
即使她已经沉入痛苦的渊底，
她的额上仍闪亮明星的光华。”
我倒真想听听他们如何回答。
我爱刨根究底，要与命运周旋，
狠狠看它一眼，它能不知收敛？
因为天命在人，应该相信自己。
但凡进步受阻，夜幕遮蔽上帝，
野蛮的投影修削了上帝的巍峨，
人类成了撒旦摆布的一叶扁舟，
一定是因为人类心灵受到禁锢，
一定是因为天上有事被弄糊涂。
所以我要让逝去的阴魂致辞：
我不像有些人豪气全然消逝，
他们只因看到流氓僭位称帝，
便不再相信自己应有的权利；
我则洗雪诬陷，然后继续前进；
我的灵魂坚定，谁曾见我灰心？
哪怕卑鄙的命运悍然卷土重来，
让我们再遭受罗斯巴赫[①]的惨败，
我不惊慌；失败使我想到胜利；

① 罗斯巴赫：德国村名。1757年普鲁士国王弗雷德里克二世曾在此重创法军。

我顽固地只保留崇高的记忆；
我们的裹尸布总充满了生气；
看到滑铁卢[①]，我读成奥斯特利茨[②]。
丧亡总给我的心中增添崇敬，
但是，这还不够，我要老天公平，
我要深入命运隐居的神秘林，
看看它们在那里的作为言行，
因为它们的作为由我们承受。
我仿佛反而看到了黑洞深幽。
据悉，亡魂会向精灵交代清楚。
我就想听听为什么天不我助，
让我们的城池、军队全都沦落？
伟大而多情的民族光华灼灼，
为什么惨遭贼人盗窃和肢解？
我要对灾祸的底细寻问追诘，
看看厄运的内情，蹭蹬的根由，
并探明一向昏暗的边角隐陬；
为什么南方会被北方扼杀，
活巴黎反被死柏林踩在脚下？
为什么天使坐牢，僵尸反称王？
哦，法兰西！一次次战乱和对抗
弄得生灵涂炭，对于祸国盗贼，
我要一一鞫问，悉数退赃定罪，
因为预言家有权来审判偶然。
我确认伦理并不是如风空泛，

① 滑铁卢：比利时地名。1815 年，英军及普鲁士军在此打败拿破仑。

② 奥斯特利茨：捷克地名。1805 年，拿破仑在此迎战奥俄联军，大胜。

并不只从高处无端吹落人间，
偶发事件往往酿成大灾大难。
我警告命运，我已经按捺不住；
童稚的纯洁虽只有摇篮维护，
幼弱者的权利细得像枝芦苇，
它却体现了人类良心的壮美，
从而伟岸无敌，只须说声“正义”，
便能登天；倘若彗星经天游弋，
迷失方向，它能给它指点路途；
它以人类名义，直接向上帝求助；
它是真理，洁净，苍白，永垂不朽；
没有任何力量能与它相争斗；
看不见的法则都偏向它这边；
这是人类良心力与美的体现。
供奉上帝的司祭，请你听我言：
一个人可凭借正义名义发难，
经过周密思虑不怕铤而走险，
真相，可以无所假借毫不遮掩，
像电光一闪不时地照彻天壤，
像从神秘深渊发出隐隐沉响，
一旦大白于天下便让人惊悸不安，
倘若愿赴天阙去向天公诘难，
趁万众景仰的偌大姿影显现，
便先自宁靖，不让雷霆肆虐人间。

1875年8月3日

（李恒基　谷未　译）

之二：恒心

不要紧。让我们继续，一直进行到底。
只要拿对了钥匙，事物之门就不会长久紧闭。
兴许黑夜本身，睁开它苍白的眼睛，
倦于邪恶，并不要求过分的事情
只求找到那个人，能够将它说服。
障碍的使命就是等着被人扫除。

黑暗害怕我们，一边抱怨一边退却。
让我们看着以往的思想家们，
这些英雄，这些巨人，由同一种精神
激励，死亡才剥夺他们崇尚的事业，
他们经过，双脚灰蓬，额头闪耀着星星；
让我们向大汗淋漓的松套的驿马致敬；
接着前进。我们也同样，有我们的驿站。
未来的脚步踏响在我们的路面；
上路吧！继续着已经开始的征途；
增加那往昔阴影浓密的厚度；
让我们把整个古老的恐怖抛在后头，
远远地越来越模糊地留在我们的身后。
先驱者已经在浓雾中闪光；
柏拉图一路至此，路德登上了彼方；
看哪，伟大的光芒标志着伟大的经过；

阴影中到处充满了智者的明火；
这里是帕斯卡尔曾经俯身探视的深谷，
高叫：深渊！我行走着让－雅克[①]行走过的路；
伏尔泰本人在那里飞向苍天，
感觉到变得高尚，离开了地面，
说道：我看见了！如同一个先知无比激昂。
像他们那样斗争吧；斗争，把额头高仰；
前行吧！迈出的每一步，都是一片新的天地；
在新的时代中，让我们揭示新的规律；
心儿永远不失聪，精神永远不倦怠，
对那自豪的卫道者，道路始终敞开。

众人哦！你们要活着，前行，并相信！尽请放心。
——可是，什么！民间纠纷的嘶哑喘音，
那些痛苦的、流泪的、相互敌对的世纪，
可惜！所有那些受苦人，所有那些被剥夺权利的人
所有那些被放逐的人，哀丧，普遍的仇恨，
在心灵深处堆积一起的所有这一切，
这些难道不会突然地爆炸？
到处都是愤愤，到处都是怒火喷发；
漫天乌黑；看哪，瞧哪，有光芒在闪耀！
愤愤又算得了什么？怒火又有什么紧要？
复仇的果实将被惊奇地发现；
天主把我们改变；他要在我们的夜晚
使雷霆霹雳庄严地流产，成为黎明。

① 让－雅克是卢梭的名字。

天主在我们心中攫住仇恨，把它吞并；
他从日光的深处扑倒在我们身上，
撕剥下我们的心灵中的一切，除了爱；
用这钢铁般的尖喙，意识，他一直深钻
到我们的思想，到我们的梦幻，
掏腾着我们的胸膛，而不顾我们如何反应
一直探入人们称为激情的刻毒内心；
他劫走我们邪恶的本性，他把我们心中
折腾着的和玷污着的货色彻底掏空；
当他在降福的天上使我们成为相等，
善良而又纯洁，他便飞离，返归永恒；
而当他经过我们头上，看到这心灵更加崇高，
看到它不再仇恨，他就称谢，问道：
谁在他火的温房中把我这样抓住？
以为是一只老鹰，而懂得这就是天主。

（余中先　译）

之三：进步

前进，人类巨大的脚步！
人民，改变大地的面目。
小虫哦，要变形脱凡；
畜群哦，要变成军团。
跑吧，雄鹰，你看到黎明的曙光。
谁都可以接受拂晓的晨光，
被明令禁止的唯有猫头鹰；
天主被猜出在太阳中间；
阳光拥有神圣的魂灵，
而人类灵魂就在它的两端。

它从一头，飞向另外一头；
它是思想，被照得闪亮；
在上，是大大使，在下，是使徒，
在上，有火焰，在下，有自由。
它创造了贺拉斯，还有但丁，
在风中耷拉着头的金黄玫瑰，
还有混沌，任我们在其中航行；
在这同一片的葱绿青翠，
它碰触蜂鸟那湿润的羽翼
和恶龙们那粗粝的鳞皮。

沿着那光辉明璀的道路，
沿着那星光闪烁的征途。
播种的精神，拾穗的心灵，
向前，向前，向前，向前行！
忧愁的人们，昨日的奴隶，
挣脱了索多玛，挣脱了苦役。
前进，鼓足了勇气，去攀登；
黑压压的人群，你们必定将获胜，
你们将进入的，是胜利的荣誉，
而你们将走出的，则是耻辱！

人啊，穿越四面的围墙。摇撼
整个的往昔，叫它成为泡沫；
在你的船头，如燃烧废麻团一般
点燃破碎绞刑架的绞索。
登上崇山峻岭。把所有古老
的魔怪，全都粉碎在泥淖；
就像昔日的阿波罗那样；
当刀剑代表了正义，它就纯洁；
赶快行动！因为人最美的服装
就是让七头蛇在他脚下流血。

1870年6月11日

（余中先　译）

之四：博爱

我梦见公正，深刻的真理，
甘愿的爱，闪光的希望，坚定的信义，
受到启蒙而不是被惩罚的人民。
我梦见温柔，善良，怜悯，
还有温厚的宽容。由此而有我的清净。

人们古老的野蛮行径有它的习惯
去赦免，去相信，凡是人们的所愿，
教士或法官，人们便有权利去做，便可以
扔掉他们的意识，而披上一件外衣。
它取来天庭的公正，从中偷走
妨碍着它的，换上它所喜欢的；删去
一切人们该给弱者的，给儿童，给妇女，
它改变数字，它改变总和，
把按照神意的权利，变为按照人意的法则。
由此，产生神一样的人，由此，太阳般的王；
由此，血红的水在铺路石上流淌；
由此，拉夫玛，巴维尔，弗格朗[①]
由此，城市的恐惧，乡野的惊慌，

① 拉夫玛（1545—1612）：法国经济学家，著名新教派人士，曾为亨利四世的重臣。巴维尔（1648—1724）：法国政治家，蒙伯利埃总督，曾疯狂镇压新教徒。弗格朗（Vouglants），不详。

石击之刑，悲哀的丧葬，残忍的行径，
受凌辱的智者那严肃的神情。

耶稣出现了，那么谁在叫喊：必须让他死去！
这是祭司。哦痛苦！永远地，固定地，
不管我们说了什么，不管我们梦见什么，
欧墨尼德斯[①]也有她们的宗教；
麦格拉是天主教，阿勒克托是基督教；
克罗托，血淋淋的修女，伴随着阿尔布埃的赞美诗
人们在教堂中听到她的嗓音；
这凶杀的女祭司们鼓励着卢瓦将军[②]；
当博须埃鼓动布夫莱[③]统帅龙骑兵出征，
山岭中便充满了迈那得斯[④]的呐喊声。

你们不要想象了，但愿天主本人赶来，
而人类的古老愤怒不再久留，
在天庭的光芒面前退走。
它在最纯洁的上天之风中，混入了它的瘟疫，
它在最温柔的爱情之歌中，混入了它的狂怒，
它随黑夜遁去，却伴随着白昼返回。
最真实，最美好，最睿智的进步，

---

① 欧墨尼德斯是希腊神话中的复仇三女神，其中，麦格拉是愤怒和嫉妒的化身，阿勒克托是战争和瘟疫的化身。而克罗托并非复仇女神之一，而是命运三女神之一，负责纺生命之线。阿尔布埃（Arbuez），不详。

② 卢瓦侯爵（1639？—1691）：法国路易十四时期的国防大臣。

③ 布夫莱（1644—1711）：法国将军，在路易十四统治时期，曾任王家龙骑兵司令，统帅龙骑兵对新教徒进行迫害。

④ 迈那得斯是希腊神话中酒神的女祭司，疯狂放荡。上文中“凶杀的女祭司们”即指她们。

最公正，遭受它魔怪般的经过。
黎明不能驱逐可怕的烦人的幽魂。
克伦威尔打击了一个暴君查理；但还存在一个暴君
克伦威尔[①]。残暴者死了，残暴却依然留存。
良智，这微笑而又严肃的驱邪人，
攻打这个吸血鬼，却没有理由。
就像一个隐居家中的忧郁的老祖母，
野蛮使我们的心变成她的巢穴，
掌握了父辈们之后又来掌握儿孙。
理想有一天诞生在旧大陆上，
整个民族的人欣喜地站立，脸上放光。
七月十四日掀翻了巴士底狱，
革命，哦自由，你的儿女，
挺立在海洋，挺立在高山，
打赢重大的巨人之战，
整个大地目睹了前所未有的逃命
那是往昔、虚无、黑夜、鬼魂、消逝的幽灵！
愚蠢的野蛮谋害这一棵月桂，
失去了托尔克马达，但把卡里埃[②]找回。
它并不受这整个黎明的太大影响，
人类的庞大蜂群，觉醒着，嗡嗡作响，
在蓝天中飞翔，工作在更美好的时光，
一边歌唱，一边用这千姿百态的鲜花，酿造各种蜜糖；
古老该隐的古老灵魂，亘古的仇恨

① 指英国革命后克伦威尔与查理的斗争。

② 托尔克马达（1420—1498）：西班牙第一任宗教裁判官，实行宗教迫害。卡里埃（1756—1794）：法国大革命的激进民主派，他曾下令处死许多人，包括旺代叛党分子和囚犯。

在那里，看到了我们的伊甸园，梦见了它的拷问，
并不想中止结束，并不想停顿了结，
却把卑劣的往昔与光明的未来相连接，
假如在它的链条上缺少一个链环，
就用迪歇纳神父把勒泰利埃神父替换[①]；
以至于撒旦可以用被诅咒的魔鬼
来嘲笑我们奔向天堂的企图的无谓。
而我，我要说：不！你并没有错乱发狂，
我的心啊，你想成为宽容的人，善良，高尚；
要喊道：要宽厚！要宽厚！要宽厚！
因为你的嗓音没有其他的嘶吼！

你没有发怒，因为你希望
给鹰枭更少的黑夜，给天鹅更多的曙光；
因为你为所有的被压迫者诉怨；
不，这不是一个疯子，他说：去爱吧！
不，这不是游荡和梦想，他相信
一个人并非生来就有一颗黑暗的心，
良善潜伏在邪恶之中，而在人的心头
很少有错误真正由他们自己造就。
人们之于罪恶就像气压表之于气流；
它标志着寒冷的度数，什么都不遗漏，
但又什么都不增添，如若它上升或者降沉，
嗨！那么错误本在于风，这一黑色的行路人。
人是一座不祥建筑虚无的大旗：

① 迪歇纳（1842—1922）：法国戏剧中一个十分大众化的角色，从大革命之后，被看成是大众的代言人。勒泰利埃（1643—1719）：法国耶稣会教士，曾为路易十四的忏悔神父，鼓励国王对新教徒和冉森会教徒进行迫害。

任何颤抖、飘拂、波荡、滑行的气息
过来时，它都要经受，而宽恕应归于
在混乱天空中这一丝生动的褴褛。
人们，原谅你们自己吧。我的兄弟，
你们在风中，在漆黑的深渊，在狂风暴雨里，
原谅你们自己吧。心儿在滴血，岁月何其短。
啊！你们互相之间要给予这种支援！
是的，即使当我作恶，即使当我踉跄而行，
跌倒在地，阴影仍是使我失足的陷阱，
黑暗生出错误，严冬生出寒冷，
我仍有权被宽恕、原谅、呵护，被爱被疼。

一天，我看见走过个陌生的女人。
这个女人仿佛从彩云中降临；
她的眼中映着蓝天，她的背上长有翅膀，
甜甜的蜜糖涂在她半开的嘴上。
对着厌倦的旅人，对着游荡者不计其数，
她伸出手指头指着阴影中的一条路，
似乎在说：人们很可能会迷途走丢。
她的目光把整个的人类拯救；
她是那么的灿烂甜美，而在她身旁，
走来温柔的魔怪，亲吻她的翅膀，
狮子获得特赦，猛虎深深地痛悔，
宁录[①]获救，尼禄流泪；
而她由于心地善良，有时反显得像在发疯。

① 宁录为《圣经》中人物，古实之子，著名猎人，巴比伦的王者尼尼微城的建造者。

我双膝跪在地上，一声不吭，
默默的崇拜她，认为猜出了她的身份。
但是——在天使面前，凡人沉默也无益——
她看穿了我的心，她说：难道还需要警告你？
你以为我是怜悯，孩子，而我却是正义神。

（余中先　译）

之五：追踪真理的心灵

1

我前去走入梦境
和幻象的阴暗马车；
在阴影的灰白城邦中
我将像一道光线途经；
我将听到它们模糊的嘘声；
我仿佛身处云雾之层
成为空气的蓬头巨人；
我的脚下将是眩晕，
而在眼睛里，有着比
云雨雷电更多的奇迹。

我回到我的住所，
黑黑的无边世界。
把时间投向永恒，
把大地投向广袤，
一脚踢开我们的悲凄，
我在温房中获得真理，
我改变自己的面貌，
人们将刚刚能够看到，
人类之光的一线残余，

在我神圣的眉毛底下战栗。

因为我将不再是一个人，
我将是受迷惑的精神，
坟墓向它而命名自己，
疑谜向它回答：是的。
阴影无谓地变得可怕；
我神情焕发得可怖，
如同以利亚在客西马尼园[1]，
如同希腊的老泰勒斯[2]，
在深渊与无限
无与伦比的喜悦中。

我将向深坑询悉
万事万物的秘密，
询问火山，硫黄的瓮坛，
还有海洋，咸盐的壶罐；
深渊所知晓的一切，
风暴所洗涤的一切，
我将探测一切；我将行进
一直到漆黑的中心，
我用我哀丧的翅膀
把某个高大的巨人碰撞。

有时候一直飞上星座，

---

① 以利亚为《圣经》中的犹太先知，客西马尼园为耶路撒冷东橄榄山上的花园，耶稣被捕前曾在此祈祷。

② 泰勒斯（活动时期公元前580年前后）为古希腊的哲人。

有时候又重重地跌落，
我将在我的头上听见
阴影中所有人的齐声叫喊，
深渊中所有黑色鸟的鸣啭，
风暴，高尚的雷电，
叛逆的凛冽朔风，
所有的恐惧，都扑腾
拍打着翅膀，乱糟糟地旋转
在高天的绝壁悬岩。

苍白的夜，巨大的幽幻，
在无边无际的散乱空间，
从高高的可疑的穹顶，
向着四面八方俯瞰；
我将看到它凄凉而又虚妄，
恰如安提西尼[①]眼中所见，
他向风儿问道：这是为什么？
恰如伊壁鸠鲁眼中所见，
他身穿带皱褶的暗色衣袍，
漂浮于我身边的阴暗。

“人啊！疯狂把你攫获。”
激奋的云彩将这样说。
“难道你把黑暗当成了一道门？”
黑暗如此喃喃低问。
空间将说：“谁把你引入歧路？

① 安提西尼（约公元前445—前365）：希腊哲学家，苏格拉底的学生。

行吟诗人，你难道将经过
品达和大卫从未经过的地方？”
“正是在这里，”风暴将叫嚷，
“赫西奥德[①]说：我停住了！
以西结[②]说：够了！”

但是，黑暗的所有努力
对我的飞跃都将无能为力，
它不能让我的脊椎折弯，
它不能叫我的额头变颜；
面对斯芬克司、神迹和疑难，
我将显身，自己也成魔怪，
我生来就是为了两种命运，
在高天的寰宇中
对于光明，我的凡人味过于浓密，
对于黑暗，我又有太多的天使气息。

2

黑影对诗人说：“要模仿
被神圣的恐惧束缚住的人；
不要触犯奇特的界限
任何人冒渎它都不会平安；
不要穿越昏暗的滩岸，
在那里，黑夜、坟墓和梦幻

① 赫西奥德（创作时期公元前8世纪）：希腊最早的史诗诗人之一。
② 以西结是希伯来著名先知，《旧约》中四大先知中的第三名。

混淆了它们莫测的气息，
在那里，无底无形的深渊
会把昏迷的先知们
带回到它冲天的波峰浪尖。

“你所能做的所有尝试
都归于无谓，趋向消失。
做一次崇拜吧；选择；对比；
你的愿望没有被听悉；
神秘从不自我开放；
宁静的广袤以它
沉默的平等
和黑夜的平等，
掩藏从天主面前逃逸的人
和冲向天主的人。

“到奥林匹斯山去吧，在那里
斯特西科罗斯[①]寻找朱庇特，并把他觅见；
到何烈山[②]去吧，它仍还在冒烟
就在耶和华经过之地；
哦梦幻者，那里才是远大的目的
和崇高行程的顶点……
人们从那里绝望地归返，
羞愧无比，在昏黑阴影的深底，
悔不该轻信地放弃！

① 斯特西科罗斯（公元前632/629—前556/553）：希腊抒情诗人。
② 何烈山是西奈山的别称。

配不上崇拜欢喜！

“奥林匹斯之神藏在迷雾中，
西奈山之神隐没在黑夜中。
没有一个地方星辰在闪光，
没有一个地方阴影变得发青。
但愿人活着，并且心满意足；
但愿他始终成为人，愿他不要试图
变得漆黑，或者变成以太；
他的火焰与烂泥聚成一体，
对于上天，人是一个天才，
但对于大地，人只是一条小蛆。

“人拥有莎士比亚、荷马、但丁；
他的艺术是一个冒烟的三脚鼎；
但是，他是否认为能用他的幻象
的璀璨之光把苍穹照亮？
这总是伊利斯或者迦勒底[①]
某种古老的想法，
想让寿岁重新变得年轻。
因为你在你的寰球中放光，
人类精神，你以为能让
火焰一直燃烧到苍穹之顶！

“在苏格拉底和斯多葛学派之后，
你毫不猜疑地引火点燃

① 伊利斯为古代希腊一城邦；迦勒底为《旧约》中常提及的巴比伦一地。

同一种被印度或者罗马
奉若神明的古老幻象；
如同寓言中的这位埃宋[1]，
你重新浸泡在不可言喻中，
在绝对中，在无限中，
就像埃及或希腊的某个阿蒙[2]，
在你之前，已被卢克莱修诅咒，
在你之前，已被约伯祝圣。

“你得到某种想象的东西，
人类陈旧的梦幻，
你给予它雷霆霹雳，
灿烂光环，永恒无际！
你制造它，你翻新它；
然后，颤抖着，你为自己揭示它，
你战栗着把它创造；
你借给它生命、富饶、
天命、智慧、良善，
你靠这虚无给自己取暖！

“在某种神话下，他自我关闭，
梦幻者，他绝不是巴力[3]
那个自身孕育着美好理想
的生命之胚的神；

① 埃宋是希腊神话中忒萨利亚英雄，寻找金羊毛的伊阿宋的父亲。

② 阿蒙为古埃及宗教信奉的神，号称众神之王。

③ 巴力是古代中东一些民族所崇奉的生育之神。

同样，他也不是荆棘，
不是在废墟中的枯枝，
不是阴沟里污秽的绒蓟，
它们，假如在骇人的炉膛
有火花把它们碰撞，
也不能立即生出一片曙光！

“请看森林中的荆棘丛，
偶然之神的卑鄙耕种；
蓬蓬乱乱，随着蜥蜴
冷冰冰地滑过，它也会战栗；
扔上一块煤炭，这一肮脏的冬青枝
将会比国王们的金丝霓裳
还要更加辉煌地昂首绽放；
闪光来自污脏的树棘荆刺，
所有鲜红鲜红的火焰，
都沉睡于树木的破衣烂衫。

“如同一个孩童，通过自己的游戏，
向扔到火堆的枯枝败蔓
兴味盎然地提取
一团欢快而美妙的光焰，
你把你的灵魂所能梦想
的一切火焰，全部集中在
第一个来到你身边的神明上，
随后，你惊奇，哦尘埃，
惊奇地看到从这魔怪一样

的伊尔芒素尔[①]身上散发出光芒。

“靠着你从一个邪恶的天神身上
提取的模糊而又昏暗的火光，
你以为能让自然重新复苏，
你以为能让宇宙重新温暖；
哦侏儒，你的高傲竟然
以为找到了万物的起源，
以为所有人从此将相亲相爱，
人们将战胜淫邪的黑夜，
你说道：世界的微光
将辉耀在高高的山上！

“你以为见到了一丝曙光
在苍穹之下渐渐地扩大，
因为你在美梦中燃烧了
一位神明，他一时间里闪着光芒。
不。一切依旧寒冷。恐惧把你缠绕。
一切皆是冰雪的可怖神庙，
德尔斐死气沉沉，伯特里混沌昏暗[②]。
轻浮的精神，你的所为微不足道，
焚烧的只是偶像的木头，
温热的只是祭坛的石头。”

① 伊尔芒素尔（Irmensul）不详。

② 德尔斐为阿波罗神庙所在地，在希腊。伯特里为巴勒斯坦古城，曾是宗教活动一中心。

3

我不动声色，任由
这番阴暗的话语落到我头上，
就如人们在晚上
任由树枝在瓦砾中颤抖；
我这忧虑的好奇者，我将前去；
我的决心始终不懈不屈；
叛逆的疑谜无谓地抱怨；
我仍将，在这暧昧的云雾中，
在这愤世嫉俗的黄昏中，
前来凝望那张脸。
生命与死亡！哦深渊！
这鲜花开而又谢，
这原子分化瓦解，
这重造的虚无，难道是一个陷阱？
怎么！什么都没有行进！什么都没有向前！
没有我！没有幸存！
没有联系！没有未来！
哦开放的坟墓，人们听闻
梦幻的群马嘶鸣着奔向发现，
结果竟然是一无所见！

难道大自然要把元素、
原子、起源，全部纳入
万物变形的循环之圈，
却炮制那杂种的流产？

假如这广袤的世界对光明
都没有什么意识反应，
那它还有什么样的属性？
它将是那恐惧的黑色阶梯，
毫无目的地向上升腾，
毫无记忆地逝而复生！

被跟随的尸骨的鬼魂，
这就是全部！什么？哦命运！
在生活中我会有一项责任，
而在死亡中却没有权利！
在暗涩的卷风之中，
从石头一直到天使，
这些生存的无谓混合又系何为？
黎明到底是真诚还是虚伪？
诞生是不是活着？土坑
与田沟究竟有什么不等？

“你吃面包吧，我吃的是人。”
提比略[1]这样说得有没有道理？
撒旦得女人，夏娃得苹果，
这是不是同一种收获？
宁录像北风一样地喘气，
成吉思汗挥舞马刀，冈比西[2]
带领一帮魔怪般的队伍，

① 提比略为古罗马皇帝（公元1世纪人）。

② 又译冈比西斯，可能指冈比西斯二世（公元前6世纪人），波斯国王。

灭绝，粉碎，压迫，杀戮，
他们作下的罪孽，甚至
还不比从高山上滚落的一块岩石！

哦不，归于黑色簿册的生命
在惊恐纷乱的人类之列，
阴森恐怖，无法解释的途径
恰似一个被揭露了面目的间谍；
无论崇高与渺小，疯子，智者，
全部消逝，在它丢给忧郁或者
蔚蓝的上天的启示中记录一笔；
邪恶者不幸了！而墓地
就是那青铜一样的大口，
它向天主揭露的一切都将落在里头。

“但是这个天主本人，我否认他；
因为，哦无用的信徒，他
通过创造这一可怖的世界，
也会创造出对他自己的诬蔑。”
我这样说道，平静而又沮丧，
怀疑建立在代数学之上；
我感觉我的骨头在发颤，
从襁褓一直走向裹尸布，
我凝望着一堆堆的骸骨，
我又凝望着婴儿的摇篮。
死亡与生命！威严的疑谜！
现实远远的还在下底。

康德、伏尔泰、欧几里德
就是在这里犹豫。
好吧！沉思的我，我将前去，
一直到我的精神穿越
神庙和学说这双重的墙壁，
发现并且揭示
朱庇特身后的星星，
耶和华身后的穹顶！

因为人们必须最终寻见
不可摧毁的真理，
一个灿烂放光的额角
要显现在黑暗的面具后面；
黑夜企图实现它黑色的欲念，
扼杀生命、白天
和万能者的幼苗，
而我，坚信黎明必定来到，
我催促天主如花盛开
带来爱情与欢快！

你们以为还有什么东西
阴影可以拒绝给予，
给时间与数量的征服者，
给敢于尝试一切的人，
给被心灵的激情所震撼、
同异教徒以及希伯来人
的无耻崇拜搏斗的诗人？

他将昂首挺胸，欣喜若狂
穿过他们昏暗的神明，
一头扎入到灿烂的光明！

1857 年 6 月 7 日

（余中先　译）

灵台集

张秋红　金志平　程曾厚　译

致一作家

　　　　请提防马尚古[①]。散文诗是一种
车辙，干瘦的老飞马[②]陷在里面呻吟。
如同韵文一样，当然，散文也有权
讲究正确的韵律，奇妙的节律；好吧，
只要不笨拙地仿效音步，韵律可以隐藏在
散文里，严格的节律也可以浓缩在散文里。
散文徒然令人厌烦地企图腾飞。
韵文冲向天空非常自然：它升起；
它是诗句；一种我不知什么既脆弱
又永恒的东西在歌唱，在翱翔，在鼓翼；
它凶猛，目光如炬，融入
神秘空中的五光十色，
寒战的黎明把它们收在头巾里带走。
散文，即使让它跳舞一直跳到
星空，也依然是"一般的语言"。

① 马尚吉（1782—1826）：法国诗人、法官，反对谣曲诗人贝朗瑞的保皇主义者。

② 飞马：传说中诗神所骑的有翼天马，已成为写诗灵感的象征。

你以为是爱丽儿[①]，可你只是维斯特里斯[②]。

1859年7月24日

（金志平　译）

---

① 爱丽儿：莎士比亚的戏剧《暴风雨》中一个活泼的小精灵，来去无踪。

② 维斯特里斯（1729—1808）：18世纪六七十年代欧洲最佳芭蕾舞男演员，生于意大利的佛罗伦萨。

真相

我先笑了。

　　　　置身在开满玫瑰花的乡间，
我在游荡。心灵关注万物的明暗对比，
我看到宇宙深处闪耀着一个朦胧的火炬。
这是早晨，树林变得美丽的时辰，
大自然宛如一个巨大无比的眼珠，
显得眼花缭乱，从中几乎可以看见上帝。
为了热烈欢迎黎明，在平静的海边，
黑莓给自己遍体堆满钻石；
爱打扮的草茎戴上她们所有的珍珠项链；
大海在歌唱；松鸡同喜鹊交谈；
蝴蝶从金雀花飞舞到越橘树。
进来一位朋友。“你好。你知道吗？”他对我说，
“你刚刚在公共广场上被判处火刑。”
“哪儿？”“在一个信奉天主教的礼仪之乡。”
“不见得吧。”“哎哟！他们在一本书里，
一本描写苦役犯监狱和修院的书里将你逮捕，
大张声势地把你，作为魔鬼和犹太人，活活烧死，
接着他们又派人随风抛掉你的骨灰。”
“倘若换个方式行事，我就有失体面了。
但这是什么时候的事？”“有一天，在西班牙。”

“不错。”“他们派人用大火钳夹着烤
卞福汝，冉阿让，马吕斯和珂赛特，
你的《悲惨世界》的人物，还有你，你整个的灵魂。
你是埃斯科瓦尔[1]渴望获得的人物之一。
你现在有点像伏尔泰似的挨烤了。”
“嗯，我在西班牙热死，在英国冷死。
这就是我的命运。”“事情已在所有的报上报道。
啊！你若没有支持这些善良的胡格诺派教徒就好了！
他们烦恼的是，至今无法对你提出起诉。
既然不能烤人，他们就焚你的书。”
“这是最起码的事。”“从这儿你能看到一切细节：
大门前面那些穿黑礼服的胖家伙，
一堆火，足以用来烧掉一座图书馆的。”
“一位主教莅临为我增了光！”“一位主教？
见鬼！为了把你罚入地狱他们已抱成一团，
不仅仅是一位，而是全体。”“你对我过奖了。”
我们哈哈一笑。

于是我回家，进行思考。
他们都在那儿。

从维纳斯即阿佛洛狄忒[2]的
时代起，
有时，女神一边独自倾听不知什么声音，
一边赤裸白皙的身子在树林深处游荡；

① 埃斯科瓦尔（1589—1669）：西班牙天主教耶稣会教士。
② 阿佛洛狄忒：希腊神话中爱与美的女神，即罗马神话中的维纳斯。

她安详地走着，她的美毫无遮盖掩饰，
她的秀发由浪花编织，她的明眸由星星构成，
这一切在森林里犹如一幅幻象；
然而，那些半人半羊的农牧神远远瞥见
这位光明的女神经过，他们屏住呼吸，
悄悄逼近；欧吉庞，长着黄眼睛的森林之神
溜到后面，陶醉于一个卑鄙的欲念中，
冷不防伸出胳臂想要抓住她；
树林战栗，神奇的女神脸色发白，
感到自己将被抓住时便转身离去。
这样，在我们这个充满骗人幻影的世纪里，
人的意识一再感到奇怪的惊愕；
她光彩照人，在微亮的晨曦下行走，
突然，撞见半人半羊的农牧神，她退避了。
塔尔丢夫[①]在那儿，另一座乐园中新的撒旦。
我们在暗处看到，每时每刻，突然，
某个无耻的爪子偷偷摸摸地伸出，
阴险地企图抓住我们的灵魂。
人类的精神感到被一个刽子手亵渎。
且慢。人们可以把西班牙的火刑柴堆
扔到黑暗中去，以后还可能做得更好。
你的杀人凶手是胆怯的；他是教士。
他几乎会请求得到你的允许才开始干。
他点燃一个火堆，组织他的仪式行列，
他将大木柴放进火里，把沥青涂在苦衣上，

① 塔尔丢夫是莫里哀（1622—1673）所著喜剧《伪君子》中的主人公，披着宗教外衣的伪善者。

好吧，一切显得那样殷勤，酷刑之后，
你笑了。

　　　　　格里朗迪斯成了罗耀拉[1]。
你对他说：确实，这很可笑。摸摸这儿。

好，你笑吧。很好。等一等，傻瓜！
他呀，眼里具有巴齐黑人的精神，
他为看到你笑而笑。他是维什努，密特拉，
泰乌塔特斯[2]。这堆取乐的火将越烧越旺。
啊！你在喝彩叫好！你的狂热为我效劳。
烧掉我的书。好，很好！这反而促销！
而他在想，在自言自语："事情成功了。
禁书烧掉时，作家就发出焦味儿了。
后果明天见。""你，你在开玩笑。他分享
你的快乐，看起来像一个迦太基的教士。
他说：他们的盲目永远保护着我。"
他还在笑时，颌骨就已咬住你啦。
不是吗？这个点火的人仁慈地对待我们，
他执行火刑只不过像点燃一个脚炉！
啊！真正急速旋转的火焰也会轮到他们。
在这种火焰中，犹如一枚蛋包含一只巨鹰，
星星之火，也完全有能量可以燎原。
只不过请等一等，让法兰西睡着了，
那时你就必然见到。

---

① 罗耀拉（1491—1556）：西班牙耶稣会创立人。

② 维什努、密特拉、泰乌塔特斯，分别是古代印度人、伊朗人、高卢人信奉的神。

你能算出来吗？

昨天，今天，明天，这只可怕的乌龟
用顽固的爪子一步一步地爬行多少路程？
谁知道？也许人们很快就会有教谕！
人们会听到，谁知道？有个人对上帝说：
“不犯错误的人，就是我。让位，退后一点。”
怎么！重新开始？天哪！人又变成
饲料，猎物，靶子，这可能吗！
人人重新看到畸形的时代！人们重新看到
双重枷锁，它既奴役人，又杀害人！
人们重新看到这个伤风败俗的地球上，
在青铜的君主权杖旁竖起红铁的主教权杖！
我们的父辈们经受了，这双重的权力！
黑夜！死亡！阿提拉[①]难于理解的麦基洗德[②]！
无数的贱民，他们在前额上方看到，
阴暗处两个幽灵可怕地并肩而立；
他们听着霹雳在苍穹深处轰鸣，
但幽灵的窃窃私语比雷声还要恐怖得多。
“掌管民众吧，恺撒。”“你呢，皮埃尔，掌管灵魂吧。”
“攫取帝位吧，恺撒。”“但你呢，你有什么？”“火焰。”
“还有呢？”“这够了。”“咱们一起统治吧。”

可憎的时代！

白衣人，黑衣人，他们是两个，又合而为一。
那边是军人，这儿是大祭司，还有他们的随从：

① 阿提拉：匈奴王，公元434—453年在位，曾进攻罗马帝国。

② 麦基洗德：《旧约》中的人物，既是国王又是祭司。

听忏悔神父，屠杀者，刽子手，耶稣会会士！
举哀吧！关于火刑柴堆和受刑者穿的地狱服，
四百年来，罗马曾怪声高唱它卑劣的动人辞藻；
在受苦受难，遭到惊吓的天下人身上，
一只手洒下圣水，另一只手洒下硫黄。
所有这些教士都戴着挖了黑洞的可怕面具；
他们的主教冠在阴影中犹如圆锥形的熄烛罩。
他们在蒙昧的中世纪曾经代表“黑夜”，
他们还一心准备继续扮演这种角色，
直到我们的世纪，这个使人麻痹的时刻。
人们会看到他们在大白天明火执仗，
带着他们的主教权杖，教堂执事和打手，
重新出现并回来，伏尔泰啊，如果他们
能在你和卢梭之间找到足够的空间通过！

不，不，不！退回去，伪政权，假信仰！
啊！修道士的罗马！啊！僧侣的西班牙！
你们消失吧，骗取各种遗产的说教家！
方顶帽！披肩！道袍！教士！神父！
一伙低垂着头，受过剃发礼的可怕的圣人！
哦，一派烧焦的木柴和利剑的阴森景象！
可憎的往事挥之不去，不断重新展现，
高耸在我们眼前，威胁着整个人类！
索尔·塔瓦纳[①]，一边撇去一层血沫子，
一边叫嚷：宰杀所有的人！上帝会作出挑选！

① 索尔·塔瓦纳（1509—1573）：法国元帅，对圣巴托罗缪惨案负有重大责任。

查理二世[①]与路易丝·德·奥尔良结婚时，
一个十六岁的犹太姑娘被活活烧死，
在充满炽热炭火的火刑仪式中，
作为一支喜庆大蜡烛献给这对新婚夫妇；
康帕内拉[②]遭到残酷的教会摧残；
布鲁诺[③]被绑起来，涂了一层沥青，
受到烈火的烤炙，尸休惨不忍睹；
阿尔法公爵[④]看厌了火刑柴堆，散步闲逛，
把他沾满鲜血的手在这种人肉火炭上烘干；
伽利略[⑤]双膝下跪，不得不表示忏悔；
阿布维尔广场上，二十岁的拉巴尔[⑥]
由于编歌谣讽刺所有这些恶棍，
舌头被用一把钳子拔了出来，
在火中号叫，扭动着他的焦黑的残肢；
啊，贞德！鲁昂的市场阴暗的山墙上，
有你受火刑时发出的红色火苗的反光；
胡斯[⑦]被马丁烧死，山鹰被蠢驴杀死。

---

① 查理二世（1661—1700）：西班牙国王。1679年与法国国王路易十四的侄女路易丝·德·奥尔良结婚。

② 康帕内拉（1568—1639）：意大利哲学家，《太阳城》的作者。曾被监禁达27年之久。

③ 布鲁诺（1548—1600）：意大利哲学家，因主张日心说被宗教裁判所判处火刑，活活烧死。

④ 阿尔法公爵（1507—1582）：西班牙军人和政治家，曾残酷镇压尼德兰人民起义。

⑤ 伽利略（1564—1642）：意大利天文学家。在宗教裁判所的压力下，不得不违心地发誓弃绝地球自转学说。

⑥ 拉巴尔（1747—1766）：法国人，因亵渎宗教罪被剁去拳头，拔掉舌头，活活烧死。直到1793年，才被国民公会恢复名誉。

⑦ 胡斯（1369—1415）：捷克宗教改革家。被判处火刑后，英勇就义。

法尔内塞和查理五世，格雷古瓦和西吉斯蒙德[①]，
仿佛永远一起盘踞在高山的顶峰上；
他们践踏着人类充满恐惧的心灵，
上面是这位创造无神论世界的可怕的上帝。
往事历历在目！你们使我恶心。
垮台吧，你呀，魔鬼教皇，还有你呀，魔鬼皇帝！

（金志平　译）

① 法尔内塞（1545—1592）：尼德兰摄政。查理五世（1500—1558）：神圣罗马帝国皇帝。格雷古瓦（1750—1831）：法国高级教士。西吉斯蒙德（1368—1437）：神圣罗马帝国皇帝。

题一圣女像

正是你，不近人情的女人！不错，你在这儿，正是你，
为了听从你的信仰而克制自己的情感，
是啊，为了抵达你的鬼魂和猫头鹰的天国，
你践踏自己的心灵，聋哑母亲，
当你的儿子横躺在你的门口中央时，
一边哭泣，一边张开他的双臂，
你踩在自己孩子的身上，进入隐修院。

当爱减少时，你以为上帝的影响在增加；
啊！疯女！瞧你摆出一副严峻的面孔！
去你的，冷酷的圣洁是虚假的圣洁。
你以为在取悦光明和荣耀的上帝，
因为使自己清白的心灵变为黑色的心灵，
因为你首先吹熄了自己的蜡烛，
因为来到他面前时，只剩下一座坟墓，
那儿是早先爱你的人们不得不去的归宿，
你是坟上的云石，他们是墓里的遗骸！
噢，多么阴暗的景象！那些背弃上帝的人
在深大的修道院里所做的噩梦！
上帝就是理性；上帝就是爱；上帝就是存在；
这是出生的权利之后生活的责任；

这是笼罩在巨大的战斗之上巨大的光芒。
上帝要人敢于爱，获取，倒下，
而不是成为鬼魂和丧服。棕色粗呢的法衣
绝不会给人一种美好的曲线；
变成幽灵，就是给圣地抹黑；
你靠拢鬼怪时，就在远离上帝。

不要隐修院；要生活。一块头巾遮掩一个梦。
一个人皈依上帝时，他的功德
并不在于如同脱掉一件外衣似的
抛弃他的父母，他的祖国和他的人类；
不在于如同逃避污泥似的逃避自己的情感；
不在于说："基督，为了我能成为天使，
请夺去我的父亲，这破布片，我的母亲，这破衣服！"
不在于要给惊愕的天性套上口衔；
不在于叫嚷："属于我的血统的孩子们，
我的摇篮里的儿子，我的在吃奶的女儿，
这些都是黑夜，只有上帝才是白昼。"
不在于从自己心中划去家庭和爱情，
犹如涂掉掩盖文本意义的不合情理的话；
也不在于丢弃人的身形，借口
你要升天和进入茫茫的苍穹。
让我们一边把目光盯着上帝，
一边尽我们儿子、兄弟或父亲的责任。
让我们成为有习性爱好的人，甚至希望
通过精神趋向善，通过肉体趋向恶；
让我们既不脱离现实，又要实现理想；

让我们前往庄严的坟墓时，继续不失为人。

必须脚踏着实地，我们才能走到天国。

1855 年 3 月 9 日

（金志平　译）

我为何被嫉恨

我被嫉恨。为什么？因为我卫护
弱者，败者，小人物，孩子们。
我被污蔑。为什么？因为我热爱
没有毒计的嘴，没有诡计的心。
眼睛低垂的僧侣虔诚地痛恨我，
可这又能拿我这个幻想家怎么样？
我感到天国里有一位看透我的心，
这就足矣。波涛摧毁不了船桨，
风暴粉碎不了翅膀，厄运
奈何不了投向光明的精神。
我看到心中谬误被驳倒，白昼在增长；
我感到圣堂在扩大，隐修院在倒塌。
没有封闭之物。天空开阔。星星裸露。
偶像消失，上帝降临。这是未知的，
但却是确实的。我感到心醉神迷中。
生命在奇妙地渐渐膨胀，
我脚下真实的基础安全可靠。
给睡眠以住所，给饮食以面包，
我都已得到。然而时光易逝。
有时人们追随我，有时人们回避我；
我不停歇：经常步履维艰，心却绝不懈怠。
正义，——唉，我的心在流血，哪儿是我爱的人们？——

以为笔直走向目标，其实在信步而行。
我呢，好比古代的某位族长，
对一个谜语感兴趣，从中瞥见了光明。
我向无边的黑暗高喊：爱！爱！爱！
不管是谁在受苦，我都劝说：希望和信仰！
我感到身下跨越深渊的桥拱在震颤；
可我确信，我能通过。让我们一起前进。
森林不时把它的簌簌声倾泻到我的头上，
黑夜在危机四伏的林中守候着我；
我被国王们放逐，我被教士们诅咒；
暴风雨肆虐，我无法一个月前
知道下个月我究竟身在何处；
接着晴空再现，丝毫未变的碧蓝的天空；
我的路，在空中是白的，在地上是黑的；
我不断经受流亡中的各种风吹雨打；
我有强大的对手，也有卑鄙的对手；
下边的人和上边的人串通一气想打垮我；
但有什么关系！有时婴儿会为我祝福，
哭泣的人会对我微笑，天空依然是蔚蓝的。
尽职尽责是一种权利。荣耀归于上帝！

1874 年 12 月 13 日

（金志平　译）

巴黎，伟大的巴黎

巴黎，伟大的巴黎奄奄一息。我想，
在大量鲜血汩汩流掉的时刻，
先别喊：有个人逃走了，这是一个无赖！
先别把民众，这些像狼似的在黑地里
被追捕的败者[①]，胡乱押到被告席，
应当等一等；应当考虑地点，
人数，时间，事件，狂热，暴行。
我对当权的好好先生们如此说，
因为，即使一个人伟大到名叫科内斯，
为了看清和判断，也应当等天亮；
即使一个人有幸成为阿纳唐[②]，
也理该对垂死的雄狮免踢一脚。

我说这些。我错了。这显而易见。

布鲁塞尔

是一座大城市，它的怀里藏有
擅长各种乐器的众多人才，
一些可爱、聪明、灵巧的演奏能手，

---

① 指巴黎公社战士。

② 阿纳唐（1803—1888）：比利时法官、政治家，曾几次出任部长。

能发出一系列和声及敲响盆盆罐罐；
这些音乐家献给我一支小夜曲。
他们的业绩使这个地方从此出了名。
妙极了！他们专挑我睡熟的时刻；
每个家伙带来了他的喝醉胡闹的女人。
我手无寸铁，孤单一人；他们却有五十个；
说不准这些人是否都全身武装。
他们开始攻击我的紧闭的百叶窗，
发出一些叫骂声，扔给我一些石块。
我亲吻我的孙子孙女们的眼皮，
免得孩子们对这种欢快的喧嚣声过于害怕；
石子如急风暴雨似的疯狂投来。
“把他吊在路灯杆上！”叫嚷之后是撞墙。
咆哮声，犹如长笛和短笛交替吹响。
“打死他！”“死吧！”一大群泼妇这样喊叫。
可怕的撞击震撼着铰链支撑的大门。
“让他完蛋！”——在树林里，舒适的僻静处，
这一类玩笑从前非常流行。
有人就曾闹过这样一些恶作剧。
令人愉快的节日！因此，你们瞧，我笑了。
当然，必须我有一种异常沉抑的性情，
才会听让一位部长的儿子，名叫凯尔温的，
不嫌麻烦，来砸碎我的玻璃窗，
打破我的脑袋，如果这位青年英雄喜欢的话；
才会不去计较，在我住的这个地区，
巡警突然之间耳朵统统背了，
当正人君子们犯下一桩罪行时，

警察全都昏昏进入甜蜜的梦乡。

1871年6月17日，维昂登

（金志平　译）

参观苦役犯监狱有感

1

每教好一个孩子，就减少一个败类。
苦役犯的监狱中十分之九的窃贼，
就从来没有进过一次学校的大门，
不会读书和写字，签名时就按指纹。
他们是在黑暗中走上犯罪的道路。
无知是漫漫长夜，接着向深渊坠入。
理智奴颜婢膝处，诚实就奄奄一息。

一切著作，第一个作者永远是上帝，
他在凡人都沉醉不醒的这个世上，
在每一页书本里放下思想的翅膀。
人人一打开书本就能把翅膀找到，
并在自由的灵魂翱翔的空中逍遥。
学校和教堂一样，也是一座座圣殿。
在儿童扳着手指拼读的字母中间，
每个字母下藏着一种美好的思想，
人心借着这微弱的灯光慢慢点亮。
把小小书本送给小小孩子作礼品。
请你拿着灯前走，让孩子跟你前进。

黑夜会产生谬误，谬误会使人动刀。
缺乏教育，就会使并不健全的头脑，
就会使种种两眼漆黑的可悲本能
——这些好像幽灵似的瞎子，面目可憎——
在道德的世界里行走时瞎摸一气，
就会使他们陷于人兽不分的境地。
让我们点燃思想，这是首要的法令，
让我们把低劣的羊脂也化成光明。
人的智慧在这个世界应该被启发，
嫩芽有权要开花，谁不在思考观察，
就不在生活。这些窃贼有生的权利。
学校能点铁成金，我们可不要忘记，
而无知却把黄金蜕变为烂铁废铜。

我要说，这些窃贼也拥有财富一种：
他们必然会有的不灭而尊严的思想；
我要说，他们都在贫困生活里遭殃，
有权向在阳光下沐浴的你们伸手，
也有权向你清算他们思想的报酬，
我要说，他们是人，却被改造成恶魔，
我要说，我怪我们，而同情他们堕落；
我要说，正是他们才被人抢劫一空；
我要说，他们犯的罪行是又大又重，
但第一步可不是他们自己的错误；
他们被夺走火炬，还能看得清前途？
第一件罪行先在他们的身上犯下，
别人扑灭了他们身上思想的火把，

而社会又偷走了他们身上的灵魂。
他们都是不幸者，他们并不是敌人。

2月27日于泽西岛

2

古老不变的监狱！你是深渊！你是谜！
多少幽魂已经过这座阴森的墙壁！
此地是邪恶、黑暗、愚昧——它没有主见，
而在这条卑劣的绳索的另外一端，
却是天才，是信仰，却是爱情，是真理，
是发明家、思想家，受到上帝的激励，
是先知扫除谬误，信守宗教的遗训，
是圣约翰[①]在地窖，但以理身陷狮群，
是伽利略坐牢房，是哥伦布[②]作囚徒。
要是一环又一环向上往古代返溯，
横贯大地的这条令人伤心的铁链，
下自布尔曼[③]，上和普罗米修斯相连。
这六千年的历史，上上下下的范围，
可怕、残忍的链环拴住了整个人类，

① 圣约翰（Saint Jean）：耶稣最早的门徒之一，热心传教，曾被流放和囚禁在希腊的巴特莫斯岛。

② 哥伦布（Colomb，1451—1506）：著名航海家，被认为是“新大陆”的发现者。在他第四次航行美洲途中，曾因不满西班牙人野蛮对待土著居民而被革职拘禁。

③ 布尔曼（Poulmann）：法国越狱的苦役犯，1843年因谋杀罪被捕。

这锁链起自土伦，系在高加索山脉[1]。
世人竟不分光明和黑暗，同等对待，
监狱是地狱，它的坟墓中同时接受
执掌明灯的先驱，持刀杀人的凶手。

谁投出一线阳光，驱散我们的昏黑，
向畏缩的进步说：“前进！”谁就会倒霉！
如果光明能取胜，那谬误就会遭殃。
发现一个世界和杀死一个人一样，
同样的十恶不赦，应负同样的罪名，
同样的罪大恶极，判处同样的重刑。
路济弗尔[2]是撒旦，雄鹰是妖孽无疑，
谁点亮一座灯塔，谁就是国民公敌。
天使常被绑，竟和杀人犯不加区分！
灵魂套上枷锁，好人坏人，一视同仁！
啊，人和人的法律多么盲目和黑暗！

面对先知和贤哲背着十字架受难，
思想怎能不感到震惊？不感到颤抖？
人人在寻找出路，为从生活中逃走，
老天啊，因为我们想到了这些启示：
他们受到了惩罚，是因为做了好事，
他们都高瞻远瞩，思想家反被抓住，
他们和罪犯一起，被并肩绑上刑柱，

① 高加索山脉（Le Caucase）：相传是宙斯囚禁普罗米修斯的地方。

② 路济弗尔（Lucifer）：意为“明亮之星”，原是天使，因反抗上帝，被斥为魔王，即撒旦。

被打得血淋淋的烈士却面带笑容，
因为他们是神明，所以被罚做苦工！

1853 年 3 月 6 日于泽西岛

（程曾厚　译）

阿弗朗什[①]附近

漠漠的黑夜正降临在漠漠的水上。

晚风吹起，狂乱地拍击着它的翅膀，
使几点帆影返港[②]，使几只小鸟归巢，
急着越过一座座花岗岩石的海礁。

我注视这一世界，真感到忧心如焚。
啊！大海何其广袤，而脑海何其深沉！

圣米歇尔山[③]浊浪中卓立，绰约多姿，
这海洋的金字塔，西方的凯奥普斯[④]。

我想起埃及和它不可逾越的沙丘，
想起沙中伟大的孤独者，岁月悠悠，
帝王黑色的帐篷，这一大堆的幽魂
正在那死亡阴森营地里睡得安稳。

---

① 阿弗朗什(Avranches)：法国在英吉利海峡边上风光秀丽的城市。居高临下，可以眺望海中胜地圣米歇尔山。

② 指法国的港口城市圣马洛。

③ 圣米歇尔山（Saint-Michel）：大西洋海边的小岛，退潮时可与大陆相通。岛上有建于12世纪的修道院，教堂塔顶高152公尺。

④ 凯奥普斯（Chéops）：金字塔中最高最大的一座，又译胡夫金字塔，公元前20世纪第四王朝时所建，塔顶高146公尺。

唉，上帝才有权严惩，也才有权宽恕，
上帝的气息在这两处沙漠里飘忽，
凡人在地平线上建造得高而又高，
在那边是座陵寝，而此地是座监牢[1]。

1843年5月

（程曾厚　译）

① 圣米歇尔修道院在“七月王朝”期间已废止，改作关押政治犯为主的监狱。

刚才在沙滩上面有一大堆人围着

刚才在沙滩上面有一大堆人围着，
瞧着地上的什么东西。“狗快要死了！”
孩子们对我喊道。原来事情是这样：
他们脚下有一条老狗正躺在地上。
大海向它扑打来阵阵浪花的白沫。
“它这样躺着已经三天，”有个妇女说，
“喊它也是没有用，它眼睛不肯睁开。”
有老人说：“它主人是水手，已经出海。”
一个领航员把头伸出他家的门窗，
又说：“这狗见不到主人，才如此绝望。
正好那条船刚才已经返回到港口。
主人就快要回来，但狗已活不长久。”
我在可怜的畜生旁边停下了脚步，
它毫无反应，脑袋不动，而身子平伏，
它闭着眼睛，似乎是死了躺在路上。
傍晚来临的时候，主人才赶到现场，
他也年迈，虽匆匆走来，但步履艰难。
他在把狗的名字低声地轻轻呼唤。
于是，狗重又张开无神憔悴的眼睛，
望着自己的主人，并为了表示高兴，
最后一次摇摇它老而可怜的尾巴，
然后死去。这时候蓝色的天幕底下，

如从深渊升起的火炬——金星在闪耀，
而我说：“星从何来？狗往何去？”不知道！

1855年7月12日

（程曾厚　译）

我们

我们横遭放逐；我们在水深火热中受苦；
我们在黑暗中目睹罪行那低贱的幸福；
我们注视着被野兽制服的灵魂
与命运对邪恶那可耻的亲吻；
我们看见成为幸运儿的卑鄙之徒；
我们互相谈论着令人敬仰的事物，
谈论着被扼杀的自由与被出卖的人民；
我们是上帝的战车迸发出来的火星；
我们向多儿多女的大众发出微光；
我们被遮掩的闪光出现在波涛上，
消失了，复活了，始终不断地浮现；
凄切的爱代替了我们心中所有的眷恋；
我们热爱法兰西，我们在监狱里做着苦工。
请别要求我们将那些高山摇动
或者将那些无喙无爪的小鹰一下子抓住，
惊雷，咆哮，风暴，我们都满不在乎！
我们嘲笑那要求将我们赦免的罪行；
我们伴着那轰隆作响的雷鸣，
不顾令人困惑的咒骂，我们严肃地期待
权利成为法律，上帝重又获得青睐，
人类在精神错乱后恢复意识的正常；

我们摇动着弑父弑君的逆子贰臣身上
那牢门微开的地狱的一串肮脏的钥匙；
犹如记得冷杉没有停止长出绿枝，
犹如记得太阳没有放弃夏至与冬至，
我们不曾忘却荣誉、权利与正义；
面对着犯下无数罪行的暴君，
我们请深沉的苍天作见证；
我们用青铜的巨笔写下历史；
苏拉，狄拜，路易十六，菲利普二世，
都在我们所注视的史册上发抖；光阴
在流逝，这与我们有什么关系！我们义愤填膺，
任那些可怕的篇章随风飘去，化为虚无；
假如皇帝是神，我们就是无神论的信徒；
有些时候，目睹群魔乱舞，
我们竟愤恨到否定一切的地步，
我们心中的怒火熊熊燃烧，
往往使它的乳娘——我们的灵魂受尽煎熬；
但上帝允许为他服务的正直之士发出怨言；
夏天，不管荒漠充满怎样的艰险，
一听见蝉的歌声，我们就坠入沉思：
我们都有儿女；我们摆着粗茶淡饭的桌子
迎接任何忍受饥饿折磨的囚徒。
我们凝望着天空，我们等待着归宿；
我们低声呼唤："纳梅西斯[1]啊，快来拯救人民！"
我们在大海边写着庄严朴素的作品，

① 纳梅西斯：希腊神话中的复仇女神。

我们所说的、所写的与所发表的一切言论
就像雄狮那愤怒的惊天动地的吼声。

1872—1876 年 11 月 30 日

（张秋红　译）

昔日之歌（一）

谁知道我躲藏的地方？
那是个安宁的所在，
晴空在那里让一天的春光
还清六个月寒冬的宿债。

流水从那里潺潺而去；
鸢尾草从芦苇丛中出现；
情侣的窃窃私语
和啼鸟的密谈打成一片。

时而聚拢的分散的人群
在那里的花丛中逍遥，
伴着酒酣时的歌声
与归鸟入梦时的寂寞。

这满面春风的浓荫
与一片苍翠的山坡的优美，
仿佛凝聚着华托[1]的笑影

① 华托（1684—1721）：法国画家。

与格勒兹[1]的泪水。

巴黎沉醉在轻雾中，
雷尼耶[2]的小酒馆，
比不上栗树的枝丛
所笼罩的一小时的梦幻。

最美妙的梦境
来自凉爽的山洞，
来自幽深的密林
那枝叶纷乱的摆动。

能在这一片绿茵上安睡，
能有这溶溶月色洒遍乡村，
我真难想象生活该有多美，
我真难相信世间还有恶人。

这万紫千红构成一种语言，
向我们启示爱情，
让我们在摇篮里安眠，
让我们的心里充满光明。

伽拉黛[3]与菲丽
那宽松而发亮的长裙，

① 格勒兹（1725—1805）：法国画家。
② 雷尼耶（1573—1613）：法国诗人。
③ 伽拉黛：希腊神话中的海神，曾将情郎牧羊人阿西斯变成鲜花。

那雪白的胸脯与青春的气息，
迎来欢笑，使树林引人入胜。

1859 年 10 月 28 日

（张秋红　译）

今日之歌（一）

生命的幻影，
风所追逐的亡灵，
一消失，我就不再留意。
尘世是座破房；
转动圆规的时光
所安排的一切有什么关系！

跃出波涛的繁星，
将天际染成金黄色的黎明，
一片金色的待收割的庄稼，
枝丛中的花篮，
乌云或白云，和我有什么相干！
这里决不是我的家。

我注视着别样的玫瑰，别样的星辰，
另一种面貌的命运，
另一种景象的世界
和依稀开放着死亡那灰白的花朵，
为一片黑暗的夜幕
所笼罩的原野。

啊！这永不凋谢的苍白的鲜花

为了谁才显出芳华？
它开放了，带着愁容；
它又忧郁又悲伤，
将不可名状的幽香
散发在难以形容的长夜中。

一道奇异的光束
摇曳在预示凶兆的迷雾深处，
在不祥的花瓣上；
悲哀的鲜花在窥探，
惊恐而又令人眼花缭乱，
犹如满是汗珠的面庞。

它那使尘世的《启示录》
黯然失色的启示拨开了迷雾，
我隐约看见了真相实情；
因为生命就是虚幻，
肉体总在欺骗，而沉思中的双眼
却更清楚地看到亡人，看到魂灵。

1857 年 5 月 31 日于盖纳西

（张秋红　译）

歌（一）

我爱想象那些披着长长的纱衣、
唱着歌儿从小路上远去的姑娘，
她们走出教堂，将棕榈的绿枝
　　拿在手上；

有个在我忧郁的时候使我愉快的梦，
那是围成一圈跳舞的孩子，在浓荫下，
喜气洋洋，呈现出满脸的笑容
　　与满头的玫瑰花；

有个更使我狂喜、使我陶醉的梦魂，
那是一位正当锦瑟年华的温柔的少女，
不知什么缘故，让眼角的泪痕
　　透露出愁绪；

在最美妙的梦幻中还有个奇丽的梦想，
那是让娜与玛格丽特，繁星啊，你们是见证！
每当黄昏，她们就展开脚上的翅膀
　　在草地上飞奔！

但在所有使我耿耿于怀、念念不忘的梦里，
有个给我的灵魂带来最大的欢乐的梦幻，

那是利剑引起一声惨叫的致命的一击，
　　直刺暴君的心坎！

1852年4月23日于布鲁塞尔

（张秋红　译）

昔日之歌（二）

她从来不开玩笑，
因为她性情娴静；
但她永远露出笑影。——
这儿是一片青苔与一堆干草；
啊，芦苇丛中的黄莺，
请将你的巢筑向湖滨。

从你秀丽的青睐
所射出的温柔的目光下
走过时，我们乐开了心花。——
这儿是一堆干草与一片绿苔；
啊，天空中的雨燕，
请将巢筑在我的壁间。

春天从黎明中出现，
鲜花盛开的枝头
洋溢着轻柔的啁啾。——
这来自你的目光，这来自你的笑颜，
啊，高唱凯歌的美妙的爱情，
请将你的巢筑入我的心灵。

1855年1月9日

（张秋红　译）

今日之歌（二）

我曾经祈求："啊，不嫌恶任何哀求者的上帝，
当你要按照你的意愿将我考验，
请让我自由的灵魂从命运里
　　选择一边或另一边；

"做富有的奴隶，还是做自由的贫民，
雪松与芦苇的上帝啊，请让我选择；
要黄金的牢笼，还是要枝丛的绿荫，
　　请让鸟儿决定取舍。"

而今我自由自在，黑夜将我笼罩；
我选择了艰苦的流亡；我住在幽暗的林中；
但我看见灵魂的繁星正照耀
　　我阴云密布的天空。

1854年4月3日

（张秋红　译）

泽西

泽西躺在这永远咆哮的波涛间；
两位巨人守着她这婴儿的摇篮；
大海围着这小岛，高山伴着这岩石。
南望是诺曼底，北望是布列塔尼，
对于我们，她就是法兰西，从花丛
她偶尔噙着泪珠，时时露出笑容。

第三回了，我在这里看到成熟的苹果。
流放地啊，怨声不止的海浪将你折磨，
啊，绿岛，深渊的情侣，你令人感激！
这一隅之地，让灵魂与宇宙结为一体，
如果是我的故乡，那真是我唯一的美梦。
这里，泰然自若的战士，在生活的苦海中
沉思，在上帝的注视下，在这鲜红的礁石上，
让自己的灵魂臻于纯洁，犹如太阳
将洗衣女的衣裳在草地上晒得白如雪花。

岩石好像因耽于幻想的态度而惊讶；
在岩洞里，仿佛在压榨机的缝隙中一样，
无数浪花在激荡，在闪光；当暮色苍茫，
森林向晚风发出不可理解的呼唤；
奇形怪状的石棚的山丘上浮想联翩；

昏沉的夜色为它描出幽灵般的轮廓；
暗淡的月光使它的整个形象宛如摩洛[①]。

在坐落着一个村庄的小岛的四面八方，
在海边渔夫那破旧而摇摇欲坠的屋顶上，
在整个海滨，由于西风的缘故，
一家家茅屋都让航海用的钢索拉住，
沿着墙壁，巨大的石块拖着那些缆绳；
垂下眼睛、裸露着胸脯哺乳的女人
给吃奶的孩子唱起水手的歌曲；
船一回来就从波涛间给拉上岸去；
草地令人心旷神怡。

神圣的土地啊，你好！
茅屋的门口像金色的黎明一样欢笑。
你好啊，灯塔！风险所熟悉的朋友！
你好啊，雨燕前来筑巢的钟楼；
船首刻花匠所雕的可怜的祭坛；
长满欧洲夹竹桃与蓝色绣球花的花园；
林间响彻车轮的轴音的道路；
临近大海的池塘，接近上帝的朴素！
向你致敬！
三桅战舰消失于天际；
涌起的海潮与光滑如玛瑙的卵石混在一起，
海藻宛如一群暗礁中浓密的发丝一般；
当维纳斯女神怀抱着早晨这婴儿来到人间，

① 摩洛：《圣经》中所提及的神。

迎着鸫的歌声，冲破黎明前的黑暗，
她使坠入沉思的古老的悬岩眼花缭乱。

啊，欧石南！轮船所避免的危险！
倒塌在海里的西贝尔[①]古老的宫殿！
海洋以液态的大理石拥抱的高山！
牛群的叫声！树丛下香甜的睡眠！
小岛好像一个修道士正在祈祷；
就在四周，唱着奇妙的歌谣，
深渊与大海正显出无限的欢欣；
飞逝而去的云在流泪；而暗礁，在头顶，
当大海将巨船在它的脚下撞得粉碎，
却为小岛留下一点儿来自天空的泪水。

1854年10月8日于图拉尔（无头人）洞

（张秋红　译）

① 西贝尔：小亚细亚古代弗里吉亚地区的丰产女神。

安德罗克莱斯[①]

当往日的一切依然向我微笑，
当我面对着光辉的未来，
在我那曙光初照、
杳如黄鹤的青年时代，

从当时喜气洋洋、
眉飞色舞、高唱凯歌、飘飘欲仙、
头上戴着王冠、手里拿着权杖、
成为命运宠儿的人们那盛大的节日中间，

我看到，正当这世界
到处是和谐、赞歌与奢华，
鲜血淋漓的流亡却倒在荒野，
又孤独，又可怕。

我走向崎岖的沙滩，
伟大的败将正在那儿爬；
我曾经感叹："我耽于梦幻。"
受尽苦难的人啊，你是谁呀？

---

① 安德罗克莱斯：古罗马奴隶，曾被置于竞技场中与野兽搏斗，所遇雄狮正是昔日在山洞中曾为之拔去足中刺者，人兽相逢竟亲如兄弟，举座大惊，叹为观止，皇帝遂予特赦。

他抬起眼睛，那眼里充满圣克卢
所反射的遥远的光华，
他告诉我："我是豪利鲁[①]。"
他告诉我："我是圣赫勒拿。"

我来自我们的浩劫，
面对这些忧愁，
目击撒下繁星的黑夜，
目击散出鲜花的白昼，

我向这怀着哀思
走向衰老的残废的主宰招手，
我拔去他脚上的刺，
我亲吻了他的伤口。

然后，迎着旋风，
我继续走我的路；
因为我从闪光的岁月中
看到神秘的前途。

我历尽沧桑；我关心
弱者与苦难的人们。
天空任凭风暴横行；
我深思熟虑，我奋不顾身。

---

① 豪利鲁：原系隐修院，后为苏格兰王宫。查理十世曾流寓于此，1830年7月后回国。

犹如艾莱克特拉[1]的兄弟一般，
好像雅各[2]一样，——上帝啊，这正是你的意图，——
我曾与鬼魂进行肉搏战，
天使曾将我的头发一把抓住。

我曾为了使命，为了理想，
为了黯然失色的伟大的法兰西，
为了被诽谤的太阳，
为了被否认的上帝而战斗不息。

我曾反抗过嫉妒与黑暗，
盾牌上没留下污点，心中毫无畏惧；
在人生的征途上，我终于发现，
投入了斗争，我竟归于败局。

我沦为一个牺牲品被人们抛向
　　　流亡这贪婪的虎口。
轻蔑总以任何失败者为对象，
布鲁图[3]竟是疯子，小加图竟是无耻之尤。

放声大笑的胜利女神

---

① 艾莱克特拉：阿伽门农的女儿，为了替父亲报仇，曾驱使其弟奥瑞斯忒斯杀死母亲克吕泰麦斯特拉及其姘夫埃吉斯托斯。

② 雅各：《圣经》中的人物，以撒之子，以扫之弟。曾与天使角斗，胜之，上帝赐名为以色列。参看《旧约·创世记》。

③ 布鲁图（约前85—前42）：古罗马政治家。公元前44年3月15日与卡西乌等刺杀独裁者恺撒。

将阿里斯蒂德[①]介绍给她的情侣；
流亡使多少受害者痛不欲生！
累累白骨堆满了它的监狱！

“浪贝萨！卡宴！”
这凄凉的呼声在我周围徘徊。
流亡的黑暗中浮想联翩；
它一看见我就站起身来。

悲惨而严酷无情的命运
这忧郁的使者向我走近。
当它来势汹汹，脸色阴沉，
我凝视着它的面影。

它来了；在昏暗的世界上，它的脚步
犹如铁锤一声声响彻云霄。
而今它在黑暗中将我抓住，
它的指甲扣入我的外套。

但我心中只有欢乐与平静，
没有悲伤，也没有苦闷。
在竞技场中，雄狮已经
开始将角斗士轻轻抚扪。

1854 年 2 月 18 日于泽西

（张秋红　译）

① 阿里斯蒂德（约前 540—约前 468）：雅典将军与政治家，世称“正直的人”。

清晨漫步有感

既然远处渐渐打开鲜红色的大门，
既然黎明让鱼肚白出现在天边，
犹如第一个醒来的仆人
手里拿着灯儿走入房间。

既然灰白的晨曦让清泉银光闪闪，
既然广阔的天空透过树林，
显出原野依稀看见的浅淡
　　而宁静的微明。

既然黎明刚刚出现在山峰上
我就走向温柔。忧愁而活跃的田野；
我真想知道上哪儿去找一片曙光
来照亮我们心灵深处的漫漫长夜！

人在进行什么创造？人生可是一场奇遇？
往后从另一面我又将看到谁的影踪？
一切都在颤抖。大自然啊，你可正向我私语，
　　在这黑暗中？

1854 年 3 月 17 日

（张秋红　译）

天际的微光

我坠入沉思。熹微的晨光在喧闹的波涛上闪耀；
灯塔欢呼起来："黎明来了！"于是吹灭了火炬。
我真想探索我所茫然无知的奥妙，
我真想知道坟墓里是怎样一片空虚。

灵魂是不是逃向邀请它的上帝的身旁，
远离这往日动个不停的冰凉的肉体？
我从寂静无声的宇宙深处望见的微光，
这生命之外的晨曦究竟是什么东西？

我们会不会显出幽灵可怕的形象？
坟墓中的亡魂会不会依然呼唤我们？
我们会不会变成人们透过这阴暗的墙
　　所听见的谈话声？

人会不会去寻找晴朗而灿烂的天空，
就像那些麻雀，那些燕子一样？
我们会不会长出翅膀，翱翔在空中？
我们会不会越过死亡，犹如飞鸟越过海洋？
一切都在低语，都在激动。幽深的树林在颤抖；
牛又套上轭，灵魂又感到悲哀；
寒冷而发青的早晨从荆棘的后头

让星辰的眼睛合拢，让鲜花的眼睛睁开。

生命连同它的财富，它的荣誉，它的爱情，
会不会赢得天空中四处飘荡的云朵？……
啊，神秘的歌手，昏暗的枝头的飞禽，
　　你们对我可有什么嘱托？

我不知为什么执著于这些梦想。
上帝啊，农夫掘着苏醒的泥土，
渔翁走向沙滩拉起自己的渔网；
而我却在钻研着黑夜，忍受着虚无！

上帝啊，与其问你，我们宁可只字不提。
我们的努力、疑惑与斗争可有什么用？
为什么要探测深渊？等着吧。奥秘
正与这世间的人类和平相处，朝夕与共。

那出没于风波里的被命运玩弄的水手
升起铁锚，拉响汽笛，奔向渺茫的远方，
听凭大海恣意咆哮，而大海只顾怒吼，
　　任汽笛一路喧嚷。

1854 年 3 月 18 日[①]于泽西

（张秋红　译）

---

① 此系写《清晨漫步有感》的次日。

歌（二）

流亡者啊，请看看那些玫瑰；
喜气洋洋的五月，从含泪的朝霞
收下五彩缤纷的蓓蕾；
流亡者啊，请看看那些鲜花。

　　——我想起
我所种下的玫瑰。
面临五月，却远离法兰西，
就失去了五月的滋味。

流亡者啊，请看看那些荒坟；
五月，向着如此美丽的天空微笑，
凭借飞鸽的亲吻
让那些坟墓心儿直跳。

　　——我想起
我所合上的亲爱的眼睛。
面临五月，却远离法兰西，
就失去了五月的激情。

流亡者啊，请看看那些绿枝，
那些树梢上筑满了鸟窝；

五月让枝丛到处是雪白的双翅
与无穷无尽的恋歌。

——我想起
我所怀恋的可爱的鸟巢。
面临五月，却远离法兰西，
就失去了五月的欢乐。

1854年5月18日

（张秋红　译）

走进流亡的大门

一踏上小岛，我就将笼罩着浓荫、
洋溢着天真的阴凉的幽谷视为知音，
这朋友和我一样喜欢浩瀚的大海的岸边。
我们俩从同一片金色的阳光里获得温暖；
我和这朴实的新交亲密无间，一见如故，
我立刻就习惯于这谦卑的孤独。
一棵白蜡树，一棵神采奕奕的榆树，
宛如两位律师一会儿抗议，一会儿辩护，
在那里争论不休，迎着风儿指手画脚；
我每天都到那儿去作片刻的闲聊，
我在那儿会见我的朋友麻雀与蜥蜴；
清泉给我以流水，岩石给我以躺椅；
我听见，每当我与大自然单独相处时，
我的灵魂就轻声地向它诉说着往事；
这田野真是老实人，我的确爱上
它的仁慈，我相信它也喜欢我的高尚，

1854—1855 年

（张秋红　译）

陌生而法力无边的上帝在微笑

陌生而法力无边的上帝在微笑。朝霞
唤醒了小虫、蚂蚁、蜜蜂、草地的鲜花、
　　簌簌作响的鸟巢、乡村、
枝繁叶茂的森林、小村庄、
海洋、高山后面的太阳
　　与我痛苦后面的灵魂。

上帝在遐想。他神秘地创造出百合；
他的手指帮着鼹鼠掘出地下的土窝；
　　他描绘出鲜红美丽的蔷薇；
埋头于自己的工作的自然界
坠入沉思；以金龟子为凭借，
　　他引起阳光的赞美。

人类啊，你们航行于星空下的大船
在深渊里靠着巨帆将风暴阻拦，
　　这些怪物赢得海洋的承认，
以它们的重负使微风感到极度劳累，
在它们的两侧分别拖起充满惊雷
　　与闪电的一带乌云。

你们的大炮与士兵，那奥林匹克运动会的行列

将一隅之地变为惊心动魄的原野，
　　你们带有高傲的褶痕的军旗，
你们使丰收绝望的战斗，你们的屠戮，
你们的互相残杀，你们的互相冲突，
　　你们那风暴中的雄鹰般的铁骑。

你们的军团，犹如七头蛇往前爬，
你们鸣雷的奥斯特利茨，你们吹号的耶拿，
　　你们的勒潘多[1]，你们的吕岑[2]，
你们充满苍白的死神所唤起的鼓声的营房，
一切都在他遐想时消逝，并在他的耳旁
　　留下小蝇般的嗡嗡声。

1854年7月22日

（张秋红　译）

---

① 勒潘多：希腊城市。1571年10月7日，奥地利的唐璜于此附近在对土耳其人的一次大海战中获胜。

② 吕岑：德国城市。1632年，居斯塔夫·阿道夫于此战胜华伦斯坦；1813年，拿破仑一世于此击败俄普联军。

啊！尽管我在沙滩上

啊！尽管我在沙滩上
成了失去踪影的水珠，
尽管我心中只剩下梦想，
尽管我沦为黑夜与尘土，

尽管我是渺小的微尘，
在人间的芸芸众生中
成了被未来飞转的车轮
压得粉碎的可怜虫，

尽管烦恼揪住我的心，
尽管我赤贫、衰弱而卑贱，
尽管我遭遇不幸，
尽管你来自青天，

你坚守信念，从不屈服，
你坚守信仰，从不心灰意懒，
啊，良心，神圣的女仆，
你在黑暗中走在我的前面！

你时刻准备着为我带路，
你为我指示着前程；

你头上是命运的帷幕，
你手中是上帝的明灯！

你嘱咐我：“苦难需要你。
起来！你的座位安排在别处。”
你嘱咐我：“请将灵魂藏在这里。”
你嘱咐我：“请在这里将脚停住。”

你启发我：“忧愁更加美好。
我们的朋友是黑暗与悲伤。”
当我流泪时，你露出微笑；
当我呻吟时，你放声歌唱。

你从容而又愉快，
高举着你的火炬，逐步
照亮我人生的所有悲哀，
那通向坟墓的阴暗的下坡路。

1854 年 8 月 15 日

（张秋红　译）

流亡

啊，祖国，假如我能面临
你的扁桃树，你的丁香，
踏上你繁花似锦的绿茵，
　　那多么令人神往！

假如我能，——啊，我的爸爸，
啊，我的妈妈，可惜我不能，——
把你们的墓碑当作长枕的话，
　　那多么令人销魂！

当冰凉的灵柩将你们折磨，
假如我能悄悄地给你们以安慰，
啊，我的阿贝尔哥哥，我的欧仁哥哥，
　　那多么令人陶醉！

啊，我天真纯洁的姑娘，
我消失了影踪的圣母，
假如我能跪向你的坟场，
　　那多么令人鼓舞！

啊！向着孤独的星辰，
我何等长久地伸出臂膀！

我何等狂热地将大地亲吻，
　　这多么令人断肠！

远离了你们，啊，我所哀悼的亲人，
从忧伤的波涛我谛听着丧钟的呼唤；
我但愿去如黄鹤，却偏偏滞留于尘世，
　　这多么令人难堪！

然而，假如数着我的脚印，
隐藏在黑暗中的命运
竟以为悲伤的老人已懒于前进，
　　那真是荒谬绝伦。

1870 年 7 月 18 日

（张秋红　译）

啊，我的灵魂

啊，我的灵魂，寻找天空时，你飞偏了道路。
请始终负起我们的责任：生命在于义务。
请回到人类阴森的家园；请尝试着戴上
俘虏的枷锁；在这昏天黑地的牢笼，
　　请担任黑暗的女佣，
　　啊，来自光明的姑娘！

请继续为了神圣的解放而艰苦劳动；
请发挥刻苦耐劳的神奇的作用；
请重新亲吻浸透胆汁的海绵；
请坚持严肃的斗争，请忍住泪水与哀伤；
　　为了归入天堂，
　　让我们回到人间！

1854年8月24日

（张秋红　译）

只要我看见仇恨在欢笑

只要我看见仇恨在欢笑，爱情在痛哭，
　　邪恶在肆虐，
信条在徘徊，祭坛在撒谎，尼禄在放逐，
　　耶稣在流血，

只要我看见那些国王，可怕的炮楼，
　　不信上帝的教士，
锁链所束缚的人民，秃鹫
　　所折磨的普罗米修斯，

只要我感到，任何力量都无法摧残
　　我心中骄傲的义务，
展翅翱翔的义愤填膺的诗篇
　　在黑暗的天空里还有用处，

我就坚持战斗！我深知，假如背道而驰，
　　我就是个懦夫懒汉；
我决不肯离开自己的天职，
　　啊，苍天！

无论四月，无论郁郁葱葱的树木
　　那淳朴的浓荫，

无论繁花似锦的草地，或者孤挺花裸露的胸脯，
　　什么都不能使我分心。

面对着蔚蓝的天空下这无数
　　满面泪痕的苍生，
面对着在上帝面前始终如此丑恶但被神父
　　美化了的暴君，

面对着你们所有受尽无耻谎言
　　与窃国大盗的蹂躏，
在幻想中彷徨，除了梦幻
　　只有忧愁的幸存的黎民；

面对着痛苦，罪恶与谬误，
　　长久的纷争，
耻辱，骄傲，无数自命不凡的头颅
　　与卑鄙的灵魂；

法兰西啊，只要还需要一道闪光
　　照耀恐怖的暗礁，
我就永远忠诚于坠入沉思的哀伤
　　与满腔悲愤的怒涛；

我将永不间断地永不休止地
　　将真理反复阐扬；
在沙滩那一片阴暗的浪花里
　　我将是一道光芒；

我将成为法官的幽灵；我凄厉的呼声
　　在杰里科[①]
将成为狂怒的号音那任何人
　　都挡不住的回波。

被出卖的伟大的法兰西啊，
　　我决不离开我的法庭！
在我沉默之前，啊，悲惨的以赛亚[②]，
　　啊，但丁，

啊，玉外纳，啊，目睹幻象的以西结，
　　以欧比涅[③]而自豪，
人们将听到天上的雷霆因声嘶力竭
　　而终于不再咆哮。

1875 年 12 月 2 日

（张秋红　译）

---

① 杰里科：巴勒斯坦城市。

② 以赛亚：犹太人的先知。《旧约》有《以赛亚书》。

③ 欧比涅（1552—1630）：法国作家，其著名诗集《悲歌集》（1616）被誉为法国的《神曲》。

当埃斯库罗斯和秃鹫争夺普罗米修斯

当埃斯库罗斯和秃鹫争夺普罗米修斯，
当玉外纳保卫着罗马不让群虎吞噬，
当但丁将地狱向他所追击的暴君开放，
这些诗人真好似古代的复仇女神；
他们的形象宛如青铜的蒙面人
在黑夜里窃窃私语，披着青灰色的微光。

群魔吓得发抖，诗人太可怕了！他们的思想，
在高高昂起又发出嘘声的谋深虑远的头颅上，
咬住一时得逞的罪行与阿谀奉承的怪物，
为神圣的诗人做出令人恐惧的王冠，
仿佛无数金蛇似的长发一般
　　拥抱着这些朴素而伟大的头颅。

啊，远古的密涅瓦[1]的神秘的美梦，
富有预见的蛇发女魔，近乎天神的游龙，
让人间的呼声与你们的抗议一齐爆发，
你们的诅咒成了无与伦比的教训；

① 密涅瓦：罗马神话中的智慧女神。

对于人民与罪行，你们分别象征
从容不迫的智慧与极度愤怒的惩罚。

11 月 1 日于泽西

（张秋红　译）

题解

《街道与园林之歌》

1847 年，雨果就酝酿创作一部诗集，并给它取名为“街道的诗”。为此，他写出了一首《杜伊勒王宫之歌》，准备收入这部诗集。只是由于流亡国外的缘故，诗人把这一计划暂时搁置一边。在陆续完成了《惩罚集》和《静观集》之后，雨果着手撰写《历代传说》。与此同时，为了精神上的调节和放松，他便穿插为《街道的诗》补写诗篇。1856 年，雨果把这部诗集定名为“街道与园林之歌”。

1859 年，诗人开始陆续发表《街道与园林之歌》的诗篇，直到 1865 年，诗集增补完成。诗集包含《青春》和《智慧》两卷，作为主体，又收入诗篇《马》作为首篇，并以诗篇《在马上》收尾。

这个集子与雨果以前的诗集在风格上形成对照，使人颇感意外。它的每一篇诗作的发表，都引起褒贬不一的评论。但诗人驾驭诗歌语言的娴熟，诗句技巧的出神入化，笔调之奔放，博得评论家和作家的赞赏。著名诗人、作家，如巴尔贝·多尔维利和乔治·桑等，都撰文给予极高评价。

《祖孙乐》

1868 年和 1869 年，雨果的孙子乔治和孙女让娜先后出生。而雨果则在 1870 年才见到他们。嗣后，乔治和让娜便成为诗人笔下的重要角色。一直喜欢孩子，喜欢孩子身上淳朴、富有诗意的天性的雨果，在备尝失子丧女的痛苦后，特别钟爱他的孙子和孙女。他和孩子们一起玩耍，为他们画像，把他们说的话全都记录下来。让娜还曾作为他的诗集《凶年集》中的一个人物而出现。

1874年，雨果开始致力于《祖孙乐》的创作。1877年5月，《祖孙乐》问世。

诗集中的一些诗，系根据雨果有关乔治和让娜的笔记写成的，有些诗是把孩子们的话加以改编而成，而贯串这部诗集的红线，则是诗人淋漓尽致所抒发的他作为祖父的内心中的慈爱，其中的诗章无不充溢着朴实、深厚而美好的情愫。诗集出版后，在文坛和社会中产生极大轰动。几天之内，初版即销售一空，很快又连续再版。乔治和让娜也成了巴黎城传颂的两个传奇式的孩子。

《灵台集》

《灵台集》是雨果生前发表的最后一部诗集。1881年发表，四年之后，诗人便与世长辞。全诗共分四卷，《讽刺卷》、《戏剧卷》、《抒情卷》和《史诗卷》。

诗集再一次显示了雨果的多方面的过人的才华。在《讽刺卷》里，诗人抨击对诗人的审查制度，鼓励年轻人为人正直，抛弃因袭守旧。《戏剧卷》则叙述了一则哀怨动人的爱情故事。在《抒情卷》里，作者赞美自己流亡国外时期所目睹的大自然景色，表达自己眷恋祖国的赤子之情。《史诗卷》通过虚构的故事，借古喻今，讴歌公社的革命精神和人民的自由。

这部诗集又一次表达出雨果对他视之为一切美好事物之源的民主和自由的向往。